星新一
ちょっと長めのショートショート

そして、だれも…

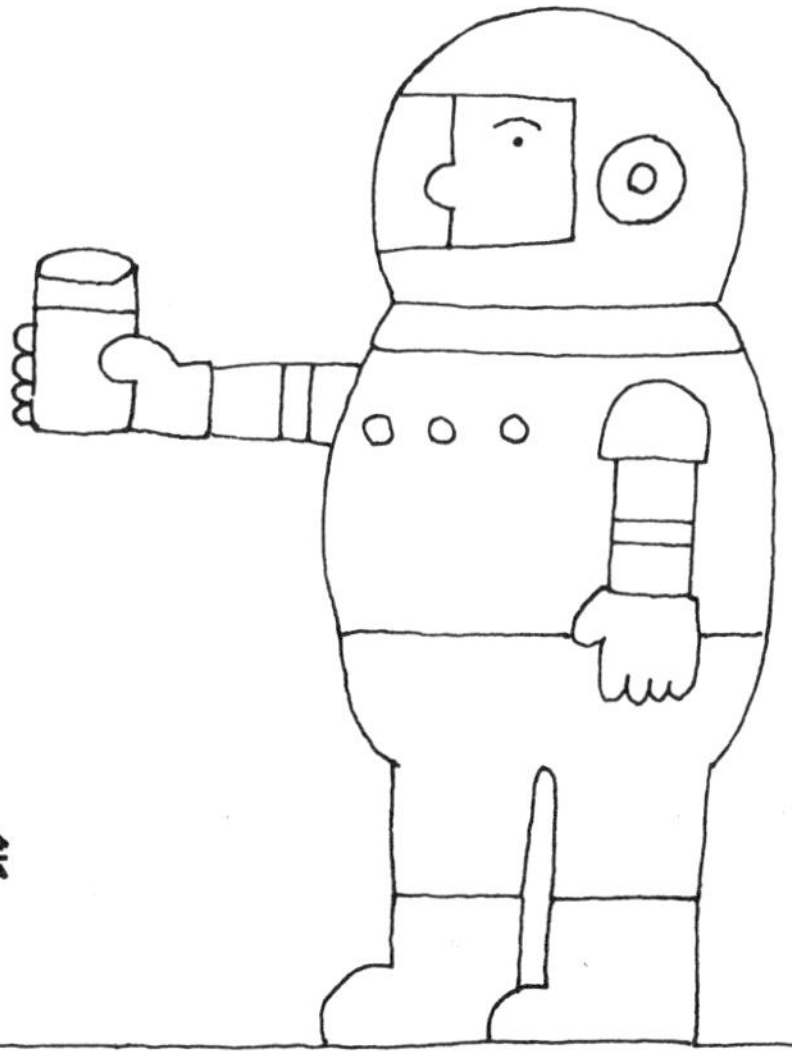

和田誠 絵

理論社

そして、だれも……

もくじ

装幀・装画・さし絵　和田　誠

マイ国家

みすぼらしくも豪華《ごうか》でもなく、平凡《へいぼん》な家だった。

どこにでもあるような小住宅《じゅうたく》で、特色《とくしょく》をさがすのに骨《ほね》が折《お》れる。玄関《げんかん》の門《もん》標《ぴょう》には、真井国三《まいくにぞう》と記してある。きわだって奇妙《きみょう》な名前でもなく、だれだって気にもとめずに通りすぎてしまうだろう。

しかし、この青年はその前で足をとめ、張《は》り切った口調でつぶやいた。

「よし、もう一軒《けん》、ここへ寄《よ》ってみるとするか……」

彼《かれ》は銀行の外勤《がいきん》係。つまり、ほうぼうの家庭をたずね、「当銀行にも預金《よきん》

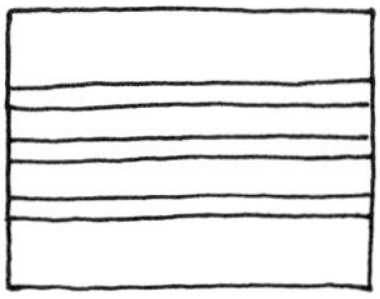

を」と勧誘《かんゆう》してまわるのが仕事だった。青年は銀行づとめにふさわしく、まじめな性格《せいかく》で仕事熱心《ねっしん》。訪問《ほうもん》を受けた家も、どの銀行に預金《よきん》しようが大差《たいさ》ないということもあって、承知《しょうち》するのが多く、けっこう成績《せいせき》もあがっていた。

きょうもずっと、それをつづけた。午後三時をまわり、そろそろ帰社しようかとも思ったが、ついでだからと、真井《まい》という家に飛びこんでみることにしたのだ。

青年はベルを押《お》したが、故障《こしょう》なのか留守《るす》なのか、いくら待っても反応《はんのう》がない。なにげなくドアを引くと、軽く開いた。留守《るす》としたら用心の悪い家だな。青年は玄関《げんかん》に入り、声をあげた。

「ごめん下さい。どなたかおいでですか」

しかし、やはり応答《おうとう》はない。あきらめて帰ろうかと思った時、家のなかで物音がした。人のうめき声と、ガラスのふれあう音だ。

11　マイ国家

青年は気になり、帰るに帰れなくなってしまった。だれかがいるようだ。病人だろうか。ひょっとしたら、傷害事件《しょうがいじけん》があったのかもしれない。音から察《さっ》すると、苦しがりながら水を飲もうとしてでもいるようだ。ほっといては、いけないのではないか。

ヒューマニズムとか好奇心《こうきしん》とかいうものは、人をとつぜん予想外《よそうがい》の行動にかりたてる。青年は暗示《あんじ》にかけられたように、靴《くつ》をぬぎ、玄関《げんかん》をあがり、少し廊下《ろうか》を歩き、物音のした部屋のドアをあけた。

六畳《じょう》ほどの広さの洋間で、テーブルがあり、いくつかの椅子《いす》があった。だが、あわれな病人も、惨劇《さんげき》のあともそこにはなかった。

椅子《いす》のひとつに四十歳《さい》ぐらいの男がかけており、テレビを見ながら洋酒を飲んでいる。青年は自分の勘《かん》ちがいに気がついた。うめき声はテレビドラマのなかの人物の声で、ガラスの音はウイスキーをつぐ音だったようだ。

男は顔をあげ、ふしぎそうに青年をみつめた。その視線《しせん》を受けて赤くなり、頭を下げながらあわてて言った。

「おじゃまいたします。わたしは、銀行の預金勧誘係《よきんかんゆう》でございます。失礼《しつれい》をお許《ゆる》し下さい。真井《まい》さんでいらっしゃいますか……」

まず名刺《めいし》を机《つくえ》の上にのせ、鞄《かばん》から銀行のパンフレットだの広告《こうこく》の品だのを、つぎつぎに出した。勝手にあがりこんだという、やましさがある。これらの品々によって、怪《あや》しげな者でないとの身分証明《しょうめい》をしたつもりだった。それから、誤解《ごかい》の説明《せつめい》とおわびにとりかかろうとした。

しかし、男はとがめようともせず、テレビを消し、きげんよさそうな声で言った。

「まあ、そこへすわれ。いっしょに飲もうじゃないか。ゆっくりしていってくれ」

「いえ、けっこうです。そんなつもりで、おうかがいしたのでは……」

「遠慮《えんりょ》するな。景気《けいき》よくやろう。楽しくやろうじゃないか」

「では一杯《ぱい》だけ……」

えらく調子のいい人だ。明るいうちからのんびり酒を飲んでいるところを見ると、本当に景気《けいき》がいいのかもしれぬ。そうとすれば、いくらか預金《よきん》をしてくれるかもしれない。すげなく断《こと》わって、相手のきげんを損《そん》じるのも考えものだ。それに、無断《むだん》で入ったというひけめもある。

「そうだ。そうこなくてはいかん。一杯《ぱい》だけというのなら、特別上等《とくべつ》のにしよう……」

愉快《ゆかい》げに笑《わら》いながら、男はそばの棚《たな》から高級そうなびんを取り、グラスについで青年にすすめた。

「……さあ、乾杯《かんぱい》だ」

「はい。いただきます」

と青年は礼儀《れいぎ》正しくあいさつをし、口をつけた。

「なかなか、いけそうじゃないか。グラスを口に運ぶ、手つきがいい。どうだ、もう一杯《ぱい》」

「もう、たくさんでございます。よろしければ、預金《よきん》のご説明《せつめい》をさせていただけると、ありがたいのですが……」

「いいとも、聞いてやるぞ。だが、もう一杯《ぱい》飲んだならばだ」

なんだかんだと調子よくすすめられて、青年は四杯《はい》ほど飲まされてしまった。それでいて、訪問《ほうもん》の用件《ようけん》は少しも進んでいない。第一、相手にはこっちの話に耳をかしてくれそうなようすすらない。酒をすすめて、ひとりで喜《よろこ》んでいる。

退屈《たいくつ》しのぎの、酒の相手をさせられるだけではかなわない。こっちは仕事中なんだ。それに、酔《よ》って帰ると上役に怒《おこ》られる。一杯《ぱい》だけならまだしも、こんなに飲むと酔《よ》いをさますのに一苦労《くろう》する。このへんで、みきりをつけて引きあげたほうが賢明《けんめい》かもしれぬ。

「どうも、とんだおじゃまを。では、また日をあらためまして……」

あいさつをし、青年は立ちあがろうとした。しかし、なぜか椅子《いす》から立てない。腰《こし》が抜《ぬ》けたような感じなのだ。そう泥酔《でいすい》もしていないのに。

ふしぎがる青年を見ながら、男は当然《とうぜん》そうに言った。

「あはは。どうだ、立てまい。じつは、酒のなかに一種《いっしゅ》のしびれ薬を入れておいたのだ。足の筋肉《きんにく》が麻痺《まひ》する作用なのだ。もう帰れないぞ」

「なんで、また、そんなご冗談《じょうだん》を……」

「冗談《じょうだん》なんかではない」

笑《わら》ってはいるが、男の表情《ひょうじょう》には妙《みょう》に真剣《しんけん》なところもあった。青年はあおざめた。

「さては、この鞄《かばん》のなかの、集金した金を奪《うば》うのがめあてだったのか。銀行を襲《おそ》うより簡単《かんたん》だ。新しい犯罪《はんざい》だ。それに気づかなかったのは、なんという不覚《ふかく》……」

「おいおい、なんと次元《じげん》の低《ひく》いことを言うやつだ。後悔《こうかい》するのなら、もっとましなことを言え。いいか、おまえは捕虜《ほりょ》なのだ。わが国に不法《ふほう》に侵入《しんにゅう》してきたのだから、捕虜《ほりょ》にした。おまえがどんな武器《ぶき》を持っているのか、当方にはわからない。だから、歓迎《かんげい》のふりをして油断《ゆだん》させ、薬入りの酒を飲ませたのだ。その作戦《さくせん》は、みごと成功《せいこう》した」

青年は相手がなにを言っているのか、さっぱりわからなかった。腰《こし》が立たないところから、薬を飲まされたのは、たしかなようだ。だが、頭まで変《へん》にされたわけではあるまい。

相手の口ぶりでは、金がめあてではないらしい。考えてみると、計画的《てき》にこうまでうまく罠《わな》を張《は》れるわけがない。

「捕虜《ほりょ》とは、どういうことなのでしょうか。教えて下さい」

「ふん。知っているくせに、とぼけかたがうまいな。しかし、まあいい。言ってやろう。どうもこうもない。簡単《かんたん》なことさ」

「はあ……」

「ここは独立国《どくりつこく》なのだ。国家とはどういうものか知っているか。一定の領土《りょうど》と、国民《こくみん》、それに政府《せいふ》つまり統治機構《とうちきこう》。この三つがそろっているもののことを言う。領土《りょうど》とはこの家、国民《こくみん》とはわたし、政府《せいふ》もわたし。小さいといえども、立派《りっぱ》な国家だ。そこへ外国人が不法《ふほう》に侵入《しんにゅう》してきた。侵犯《しんぱん》だ。侵略《しんりゃく》の前ぶれかもしれぬ。わが国は、そいつをとらえた。どう処置《しょち》しようと勝手だ。国家とは、領土《りょうど》内において最高《さいこう》の支配権《しはいけん》を持つものなのだ」

「面白《おもしろ》い遊びですね」

犯罪《はんざい》でないとわかって、青年は笑《わら》いかけた。しかし、男はおごそかな声で、大まじめに言った。

「遊びではない。現実《げんじつ》だ」

「そんな、ばかな……」

「遊びだとか、ばかだとか、なんということだ。わが国の尊厳《そんげん》に対する、重大な侮辱《ぶじょく》だ。その発言は許《ゆる》しがたい。しかし、文句《もんく》があるのなら聞いてやる。合理的《てき》な反論《はんろん》があるならばだがね」

「それは……」

青年は口を開きかけたが、声は出なかった。

どう反論《はんろん》したものか手がかりがわからず、言うべきことがないのだ。一瞬《いっしゅん》、相手の説《せつ》のほうが整っているように思えさえした。それに、変《へん》な薬を予告《よこく》もなく飲まされたため、驚《おどろ》きの感情《かんじょう》がつづいていて、思考もまとまらない。弁解《べんかい》をするにも、相手を説得《せっとく》するにも、なにがどうなっているのか、事態《じたい》をよくのみこむほうが先決だ。また、遊びだった場合も、相手の思いつきにさからわないほうがいい。調子をあわせていれば、喜《よろこ》んだあげく、適当《てきとう》なところで幕《まく》にしてくれるだろう。青年はいずれをも兼《か》ねた言葉を考え出した。

「まことに失礼《しつれい》いたしました。つい迷《まよ》いこんでしまったのです。で、なんという国名なのでしょうか」

「マイ国と称《しょう》する。国のマークは三本の横線だ。ちゃんと国境線《こっきょうせん》に表示《ひょうじ》してあったはずだ」

そういえば、〈真井国三《まいくにぞう》〉という標札《ひょうさつ》がかかっていたようだ。

「ははあ、あれがそうでしたか。しかし、国境《こっきょう》とは……」

「ほらみろ、ちゃんと表示《ひょうじ》を見ているくせに、迷《まよ》いこんだとはなにごとだ。

国境《こっきょう》とは、もちろん玄関《げんかん》のドアだ。しかし、玄関《げんかん》内のたたきの部分は中立地《ち》帯《たい》とみとめ、入ってきてもとがめないことにしている。こんな寛大《かんだい》な方針《ほうしん》の国家は、めったにない。しかるに、おまえはそこを越《こ》え、無断《むだん》で侵入《しんにゅう》してきた」

「はあ……」

「それは、みとめるだろう。なんの目的《もくてき》だ。スパイか。国家転覆《てんぷく》の使命を持った工作員か。それとも、攻撃《こうげき》のための第一次偵察隊《ていさつたい》か」

そろそろ不意《ふい》に笑《わら》い出し、この新しい冗談《じょうだん》の自慢《じまん》に移《うつ》ってもいいころだ。だが、男はさらに真剣味《しんけんみ》を増《ま》し、目も鋭《するど》くなってきた。これはどういうことなのだ。

「とんでもないことです。ここが独立国《どくりつこく》とは、少しも知りませんでした。いつから、そうなったのですか」

と青年は質問《しつもん》した。この人は、少し変《へん》なのだろう。質問《しつもん》を重ねて行けば、どこかに矛盾《むじゅん》が出てくるだろう。そこを指摘《してき》するのも、ひとつの案《あん》だと考えたのだ。

男はうなずき、姿勢《しせい》を正して言った。

「はるかむかしだ。暦《こよみ》では数えきれぬほど、むかしのことだ。そのころ、現世《げんせ》はここで天国と接《せっ》していた。この地は現世《げんせ》でもあり、天国でもあった。その後、人類《じんるい》の堕落《だらく》により、一時その接触《せっしょく》がとぎれたわけだが、ある夜、わたしの頭に天国からの啓示《けいじ》があった。いまの地上の国々は、なんというざまだ。汝《なんじ》はこのゆかりの地に、すべての国の模範《もはん》となる国を再建《さいけん》せねばならぬ、と。わたしは、その神聖《しんせい》な指示《しじ》に従《したが》ったというわけだ。だから、そもそもの起源《きげん》は、悠久《ゆうきゅう》のむかしといえる」

「なるほど……」

青年も同じくうなずき、内心で判断《はんだん》した。やはり思っていた通りだ。こいつは、ずれている。あるいは、酒の作用で妄想《もうそう》を生み出し、その世界にひたって喜《よろこ》んでいるのだ。青年はぞっとした。いずれにせよ異常《いじょう》。こんな相手をどう扱《あつか》っていいのか、見当もつかない。

しかし、男は言った。さっきからしばらく見せなかった笑《わら》いを、ちょっとあらわした。

「思考が変《へん》なのかと思ったろう。しかし、これは建国《けんこく》の神話だ。国が存在《そんざい》するからには、意味ありげな神話のあったほうがいい。そこでおれが作りあげた。どうだい、ちょっとしたものだろう」

「はあ。ごもっともです……」

めんくらった青年は、目を伏《ふ》せた。ただの異常《いじょう》ではなく、その一段《いちだん》うえの状態《じょうたい》のようだ。ひとすじなわでは、いかないかもしれぬ。議論《ぎろん》ではかなわない。ひたすら低姿勢《ていしせい》で、許《ゆる》しを乞《こ》うべきだろう。ほかに手はない。

「……お願《ねが》いです。助けて下さい。本当に、なにも知らなかったのですから」

「それに関《かん》しては、なんとも言えぬ。だが、おまえの国との電話連絡《れんらく》だけは許《ゆる》してやろう。ただし三分間だけだ。また、わが国の利益《りえき》に反《はん》する内容《ないよう》に及《およ》んだ場合は、途中《とちゅう》でも中止を命ずる」

男は部屋のすみから電話機《き》を持ってきた。それを見て、青年はほっとした。電話ひとつかけるのに、えらく大げさな表現《ひょうげん》をしたものだが、これで助かるのだ。警察《けいさつ》にかけたものだろうか。いや、相手を刺激《しげき》してはいけないから、銀行の同僚《どうりょう》にかけたほうがいいだろう。

しかし、男は自分で勝手に電話をかけ、受話器《き》をさし出した。

「さあ、もうすぐ出るぞ。話せ」

薬の作用は手にも及《およ》んでいて、それを持つのがやっとだった。だが、青年は力をふりしぼって耳に当て、話しかけた。

「もしもし……」

明瞭《めいりょう》な女の声がした。

「はい。外務省《がいむしょう》でございます」

「なんですって。そうとは……」

「おかけちがいでございましょうか。それとも、なにかご用件《ようけん》でも……」

青年はこの機会《きかい》をのがしてはならないのに気づき、せきこんで言った。

「お願《ねが》いです。マイ国につかまってしまいました。助け出して下さい……」

「タイ国ですか」

「いいえ、マイ国です。マ・イ……」

「ご冗談《じょうだん》でしたら、おやめ下さい。そんな国が、どこにございますか」

「いいえ、本当なんです。たのみます……」

すがりつくような必死《ひっし》の声。その心が通じたのか、交換手《こうかんしゅ》は言った。

「ちょっと、お待ち下さい……」

かわって、なんとかいう課《か》の係の声となった。だが、どう訴《うった》えればいいのだ。もたついているうちに三分がすぎたらしく、受話器《き》はとりあげられてしまった。

「これで国際《こくさい》電話は終りだ。お気の毒《どく》だな。おまえの国の政府《せいふ》は、相手にしなかったようじゃないか。よく手が打ってある。破壊《はかい》工作に送りこんだスパイだから、政府《せいふ》はみとめようとしない。知らん顔で、見殺《みごろ》しにしようとしている。当然《とうぜん》のことだ。まあ、おまえは、それを覚悟《かくご》で乗り込《こ》んできたのだろうが……」

「そんなばかな。もう一回、警察《けいさつ》へ電話させて下さい。注意人物のリストにのっているような怪《あや》しい人物でないことが、わかるはずだ。ぼくの名刺《めいし》の銀行でもいい。ちゃんと証明《しょうめい》してくれますよ」

「とんでもない。いいか、これは国際紛争《こくさいふんそう》なのだぞ。あくまで、その窓口《まどぐち》を通さねばならぬ。おまえも見苦しいぞ。つかまったスパイは、じたばたしないものだ」

電話機《き》は、またもとの位置《いち》に戻《もど》されてしまった。たとえ警察《けいさつ》につないでくれたとしても、結果《けっか》は同様だったかもしれない。変《へん》な電話をかけるなと怒《おこ》られるか、笑《わら》われるだけのことだ。人殺《ひとごろ》しと叫《さけ》びかけたら、そばにいるこいつが、検閲《けんえつ》と称《しょう》して切ってしまうだろう。

脱出《だっしゅつ》の方法《ほうほう》は、べつに考えなければならないようだ。だが、名案《めいあん》も思い浮《うか》ばない。そして、これからどうなるのだろう。青年はため息をつき、目を閉《と》じた。しばらく、ぶきみな沈黙《ちんもく》がつづいた。

男は、なにやら考えている。やがて、手をたたいて言った。表情《ひょうじょう》も一変《いっぺん》した。

「まあ、そう情《なさ》けない顔をするな。ひとつ、陽気に盛大《せいだい》に飲もう。待っていろ……」

そして部屋から出ていった。いまだ。青年は急いで逃《に》げようとしたが、やはり立てない。電話機《き》までも、たどりつけないだろう。

やきもきしているうちに、男は戻《もど》ってきた。チーズやソーセージを盛《も》った皿、氷やビールなどを運んできたのだ。

「遠慮《えんりょ》なくやってくれ。飲むのは、なにがいいか。ウイスキーとビールと」

「できればビールのほうが……」

目の前で栓《せん》を抜《ぬ》くビールなら、毒《どく》も入っていないだろう。しかし、この不《ふ》意《い》の変化《へんか》は、どういうわけなのか。すなおに安心していいのかどうか、わからなかった。

そんなことにおかまいなく、男はますます朗《ほが》らかになった。ラジオをつけた。音量《おんりょう》は大きくないが、クラシックの明るい曲が流れはじめた。

「いやなことは忘《わす》れて、うんと楽しくやろうじゃないか。ところで、どうだね、そちらの最近《さいきん》の国情《こくじょう》は……」

「はあ、なんとかやっているようです」

答えようがないではないか。国情《こくじょう》とかいう語を、とつぜん出されては。

「自分の国の政府《せいふ》を、どう思っている」

「どうって、よく考えたことがありません」

「少しは、いいことをやっているか」

「まあ、低所得者《ていしょとくしゃ》の生活保護《ほご》をしたり、健康保険《けんこうほけん》に金を出したりしているようです。あとは年金とか、災害救助《さいがいきゅうじょ》とかにも……」

いざとなると、なかなか思いつけないものだ。すると男が言った。いまの変《へん》な質問《しつもん》は、話のきっかけを作るためだったようだ。

「そこが、いかんのだな。まったく、ばからしくてならない。政府《せいふ》とは、ていさいのいい一種《いっしゅ》の義賊《ぎぞく》なんだな。しかも、おっそろしく能率《のうりつ》の悪い義賊《ぎぞく》さ。大がかりに国民《こくみん》から金を巻《ま》きあげる。その親分がまずごっそりと取り、残《のこ》りを、かわいそうな連中《れんちゅう》に分けてやれと子分に命じて渡《わた》す。上から下へ子分どもの手をへるうちに、みるみる少なくなる。末端《まったん》まで来る時には、すずめの涙《なみだ》ほどになる。それを恩《おん》に着せながら、貧民《ひんみん》や病人や気の毒《どく》な人にめぐんでやるというしかけだ」

「そういえば、そうですね」

「むかしの義賊《ぎぞく》は、びくびくしながらそれをやっていた。だが役人は、自分たちは金持ちから金を取り、弱きを助けているのだといい気になっている。

それどころか、立派《りっぱ》なビルのなかで、いばっている。老子《ろうし》とかいう、古代中国の人が言っていたぞ。民《たみ》が飢《う》えるのは、税《ぜい》を食うやつが上にたくさんいるからだとね。自分で貧民《ひんみん》を作っておき、かすかに助けるだけのことだ。なんたることだ」

どうあいづちを打ったものかわからず、青年はビールを飲みながら言った。

「あなたは、無政府主義者《むせいふしゅぎしゃ》とかいうものなのですか」

「そうではないな。主義《しゅぎ》をふりまわして他人を動かそうとは、思っていない。第一、そんなことを言うと、政府《せいふ》がすぐ弾圧《だんあつ》するにきまっている。当り前のことだ。製薬《せいやく》会社の前でビタミン無用論《むようろん》をぶつようなもので、営業妨害《えいぎょうぼうがい》ということになる。いつの時代でもどの国でも、危険《きけん》人物に仕立てられ、つかまることになっている。もっとも、おれも無政府主義党《むせいふしゅぎとう》を作って、合法的《ごうほうてき》に政《せい》権《けん》を取ろうかと考えたことはあった。しかし、この計画、どことなく変《へん》なものだ」

「お説《せつ》の通りです」

「政府《せいふ》というもののくだらない点は、まだまだあるが、最《もっと》もたまらないのは圧迫感《あっぱくかん》だな。目に見えぬ威圧《いあっ》だ。法律《ほうりつ》という網《あみ》がくまなく張《は》りめぐらされ、行動を制限《せいげん》している。これが精神《せいしん》によくない」

「はあ、どういけないのでしょうか……」

青年は、うなずきながら言った。ようすは少しずつわかってきた。筋《すじ》の通ったところもあるようだ。これは、この男のなんなのだろう。主義《しゅぎ》なのか、哲学《てつがく》なのか、人生観《じんせいかん》なのか、趣味《しゅみ》なのか、それとも若者《わかもの》の流行にかぶれたせいなのか、アル中の妄想《もうそう》なのか、狂気《きょうき》の産物なのか、見当がつかぬ。もっとも、どれにしたって大差《たいさ》ない。

「外的《がいてき》な条件《じょうけん》が、ストレスをおこすからだ。わけもなしに不安《ふあん》を感じる。卑《ひ》屈《くっ》になる。おどおどする。妙《みょう》に反抗的《はんこうてき》になる。あきらめにひたる……」

「ぼくもそんな気分です」

「みな、ろくな道をたどらない。いや、青空のかなたの、無重力《むじゅうりょく》の空間に浮《う》いているようだ。小国が独立《どくりつ》し、解放《かいほう》のお祝《いわ》いに踊《おど》りまわる気持ちがよくわかる。それを何倍《なんばい》にもしたのが、わが国の現在《げんざい》。完全《かんぜん》なる自由だ」

「そういうものかもしれませんね」

「わが国には自由、平等、博愛《はくあい》がそろっている。和《わ》を以《もっ》て貴《とうと》しとなしている状態《じょうたい》でもある。やっかいな人種《じんしゅ》問題などなく、一民俗《みんぞく》、一指導者《しどうしゃ》、一国家だ。また、理想的《りそうてき》な、人民《じんみん》の人民《じんみん》による人民《じんみん》のための国でもある……」

男は演説《えんぜつ》をはじめた。たしかに、いい気分かもしれない。イミテーションの点は仕方ないとしても、ただのきれいごとではなく、裏付《うらづ》けもあるのだ。

その点、もとの文句《もんく》の発明者もうらやましがることだろう。

「……いかなる力を以《もっ》てしても、わが国を二つに分割《ぶんかつ》できない。国内の分裂《ぶんれつ》もなく、国民《こくみん》の心は政府《せいふ》の心であり、政府《せいふ》の行動は国民《こくみん》の要求《ようきゅう》だ。政府《せいふ》が悪いというぐちは、ここにはない」

「それはそうでしょう。お説《せつ》は、よくわかりました。新鮮《しんせん》な考え方にはじめて触《ふ》れ、感心いたしました。世界連邦《れんぽう》を作れとの論《ろん》は聞いたことがありますが、全人類《ぜんじんるい》がそれぞれ独立国《どくりつこく》となれとは、なんとすばらしく……」

と青年は賛辞《さんじ》を並《なら》べたてた。おだてるに限《かぎ》るのだ。さからわないでいればぶじにちがいない。はたして、相手は笑《わら》い顔になってくれた。

「おまえの本心はわからんが、わが国をほめてくれたのはうれしい。さあ、もっと飲んでくれ、食べてくれ。心配することはないぞ」

「いえ、もうけっこうです。帰国させていただきます。では、マイ国ばんざい」

調子をあわせて、ごまかそうとした。しかし、そうはいかなかった。相手の口調が命令《めいれい》のように変《かわ》ったのだ。

「いかん。もっと飲んで楽しむんだ」

「帰らせて下さい。ぼくへの疑《うたが》いは、晴れたのでしょう。心配することはないとおっしゃった」

「心配しなくてもいいのは、酒のことだ。酒はまだたくさんある。じつはさっき、政府《せいふ》の方針《ほうしん》が決定したのだ。おまえは侵犯《しんぱん》とスパイ行為《こうい》により、処刑《しょけい》されることにきまった。しかし、わが国の慣例《かんれい》により、処刑《しょけい》前のひとときは楽しくすごさせてやることになっている。このもてなしは、つまりそれなのだ。おれもがまんして、おまえの話し相手になってやった」

「まさか。むちゃだ。これはリンチだ」

悲鳴をあげたが、その効果《こうか》はなかった。

「リンチとはなんだ。正式の裁判《さいばん》によるものなのだぞ。しかも、第三審《しん》までやったし、国会でも可決《かけつ》したし、国民投票《こくみんとうひょう》もすんだし、元首《げんしゅ》の裁可《さいか》もあった。慎重《しんちょう》な手続《てつづ》きの上で、やったことだ。これがリンチなら、他国の裁判《さいばん》もリンチだ。すでに決定はなされた。これをくつがえしたら、わが国の秩序《ちつじょ》を根本から乱《みだ》すことになる」

「むちゃだ……」

叫《さけ》び声も、相手にはこたえない。

「そんなことを言ってはいかん。わが国にむかって無礼《ぶれい》な言葉をはくと、処《しょ》刑《けい》を早めるぞ。わが国がむちゃなら、おまえの国はその上だ。どの国も、救《すく》いようのないでたらめだ」

「助けてくれ……」

ついに青年は、泣《な》き声をあげた。しかし相手は知らん顔だし、窓《まど》がしまっているため、声はそとへとどかない。外国旅行中に秘密警察《ひみつけいさつ》にとらえられ、むりやり監禁《かんきん》されたら、こんな心細さになるのだろうか。いまの場合も、事実上それと同じなのだ。

そのうち、男はどこからか刃物《はもの》を持ってきた。ぎらぎらと光り、先端《せんたん》は鋭《するど》くとがっている。信《しん》じられないような気分を、それは一掃《いっそう》した。本気らしい。

青年は反射的《はんしゃてき》に言った。

「しまって下さい。そんな、ぶっそうな凶器《きょうき》など……」

「凶器《きょうき》とはなんだ。軍備《ぐんび》と言え。自衛権《じえいけん》は国家固有《こゆう》のもので、そのためには必要《ひつよう》な軍備《ぐんび》の所持《しょじ》と行使《こうし》とがみとめられている。どの国だってそうだろう。わが国は平和を愛《あい》するが、敗北主義《はいぼくしゅぎ》ではない。不法侵入《ふほうしんにゅう》の敵《てき》があれば、断固《だんこ》として撃滅《げきめつ》するまでだ」

「ぼくを殺《ころ》したりしたら、警察《けいさつ》がほっておかないぞ」

「よその国の警察《けいさつ》など、どうでもいい。それに殺人《さつじん》とはなんだ。自由と独立《どくりつ》をまもるための正当な行為《こうい》だ。祖国防衛《そこくぼうえい》の、愛国心《あいこくしん》の発露《はつろ》ではないか。これをきっかけに、おまえの国の軍隊《ぐんたい》が侵略《しんりゃく》してきたら、正義《せいぎ》のためにあくまで戦《たたか》い抜《ぬ》く。わが国土が焼《やけ》野原となるかもしれないが、こちらからも反撃《はんげき》してやる」

「ああ……」

この狂《くる》ったドン・キホーテめ。ことによったら、となり近所にダイナマイトを投げつけかねない。いずれは逮捕《たいほ》されるとしても、精神鑑定《せいしんかんてい》で無罪《むざい》になってしまう。なんとかならないのか。青年は言うだけは言ってみた。

「……お金ならあげるから、命だけは助けてくれ」

「金なんかなんだ。援助資金《えんじょしきん》ほしさに、事件《じけん》をでっちあげた国と思うのか。

取引きなどできぬ。国家の尊厳《そんげん》や名誉《めいよ》は、金でけがされてはならぬ。筋《すじ》の通らぬことをして歴史《れきし》に汚点《おてん》をつけては、後世の国民《こくみん》に申しわけない。どうだ。これだけ堂々《どうどう》と正論《せいろん》を主張《しゅちょう》する国家が、ほかにあるか」

「ああ……」

青年は泣《な》きはじめた。心配するなと、いったん安心させられたあとだけに、絶望《ぜつぼう》の度合いは大きかった。かなわぬまでも抵抗《ていこう》しようとしたが、手に力は入らない。

目の前で刃物《はもの》が光った。まもなく処刑《しょけい》されるのだ。どこを突《つ》かれるのだろう。死とはどのていど痛《いた》く、どのていど苦しいものなのだろう。こんなふうに人生が終るとは、この家に入るまで夢《ゆめ》にも想像《そうぞう》しなかったのに……。

青年が目を閉《と》じていると、男が言った。

「ひとつ、喜《よろこ》ばしいニュースを教えよう」

「なんです……」

青年はかすかな声を出した。どうせ、ろくなことではないだろう。期待などしないほうがいい。

「特《とく》に恩赦《おんしゃ》をもって助けてやろうと思う。よく考えてみたら、きょうは独立《どくりつ》記念日《きねんび》だった。許《ゆる》しがたい犯人《はんにん》だが、このよき日に処刑《しょけい》はできぬ。釈放《しゃくほう》をみとめることに方針《ほうしん》が決定した」

「本当ですか。うそじゃないんでしょうね。どうもありがとうございます」

青年はそっと目をあけ、おそるおそる答えた。だが、相手はそのつもりらしかった。

「本当だ。さあ、そうときまったら、大いに飲もうじゃないか。祝賀会《しゅくがかい》をやるのだ」

「もう飲めません。早く、決定どおり国境外《こっきょうがい》へ送還《そうかん》して下さい」

「そうはいかん。わが国の式典《しきてん》を祝《いわ》えぬというのか。国際友好《こくさいゆうこう》の精神《せいしん》を、ふみにじるつもりなのか。そもそも、おまえは処刑《しょけい》されるところだったのだぞ。なんの感謝《かんしゃ》もしないとなると、わが国論《こくろん》を刺激《しげき》することになる。その結果《けっか》、重大な事態《じたい》を招《まね》いたとしても、責任《せきにん》はすべてそっちだ」

「いえいえ、そういうわけでは……」

またしても、酒を口にしなければならなかった。気がつくと、べっとりと冷汗《ひやあせ》が出ていた。しかし、いまは陽気にしなければならぬ場合だ。お祝《いわ》いの言葉も、のべたほうがいいのだろう。

「……お国の繁栄《はんえい》のために。元首《げんしゅ》と国民《こくみん》の輝《かがや》かしい未来《みらい》のために」

「ありがとう」

男はおうように応《おう》じた。この変化《へんか》は、どういうことなのだ。国家という妖《よう》怪《かい》がとりつくと、こうなるものなのだろうか。

「ちょっとおうかがいしますが、おたく、いや、お国では、税金《ぜいきん》はないのですか」

「そんなものはない。だが、いつだったか、おまえの国の税務関係者《ぜいむかんけいしゃ》がまちがえてやってきて、固定資産税《こていしさんぜい》とかを払《はら》えと言った。おれは玄関《げんかん》の中立地帯《ちたい》で会見し、交渉《こうしょう》した。ここは独立国《どくりつこく》だ。他国のさしずは受けんと……」

「それですんだのですか」

「するとやつは、これは国際共同分担金《こくさいきょうどうぶんたんきん》だと言った。そういうたぐいのものなら、わが国は支出《ししゅつ》してもいい。緊急《きんきゅう》に決定し、払《はら》ってやった」

それを聞いて、青年は歯ぎしりした。役人にも、利口《りこう》なやつがいるとみえる。うまく調子をあわせて、規定《きてい》の金額《きんがく》を持っていったらしい。その時に、なぜもっと問題にしなかったのだ。おかげで、こっちは、とんださわぎに巻《ま》きこまれてしまった。青年はなにげなく言った。

「いったい、こちらはなんで生活しているのですか」

「よけいなおせわだ。なんで、そんなことを聞く……」

風むきは一変《いっぺん》し、相手は怒《おこ》り出した。

「……国家運営《うんえい》の機密《きみつ》は、外国に公表しないことになっている。それをさぐるのが、目的《もくてき》だったのだな。やはりスパイだ。さっきから、なにかひっかかっているのでよく考えてみたら、独立記念日《どくりつきねんび》はあしただった。ということは、恩赦《おんしゃ》の条件《じょうけん》を適用《てきよう》できないことになる。人情《にんじょう》で国法《こくほう》を曲げることはできないのだ。気の毒《どく》だが、前の決定は取り消す。覚悟《かくご》してもらわなければならぬ」

また刃物《はもの》がひと振《ふ》りされた。青年はもはやほとんど考える力を失《うしな》っていたが、それでもかすかに頭を働《はたら》かせた。こいつはなんで怒《おこ》ったのだろう。

スパイをつかまえて処刑《しょけい》し、その所持品を没収《ぼっしゅう》して国家財政《ざいせい》をまかなってでもいるのだろうか。

観光《かんこう》にたよったり、切手を発行して、もうけている小国があるらしい。だが、それもできぬマイクロ国ともなれば、新しい強引なやり方を案出《あんしゅつ》しないとも限《かぎ》らないのだ。

男は青年にさるぐつわをし、さらに手ぬぐいで目かくしをした。処刑《しょけい》が開始されるらしい。

だが、青年はもはや泣《な》かなかった。さっき一生の分を泣《な》いてしまったのだ。考えることもなかった。一生の分を、考えつくしてしまったようだった。

となると、笑《わら》うしかなかった。なにもかも、めちゃくちゃなのだ。笑《わら》い声はとまらず、さるぐつわの下での笑《わら》いで、奇妙《きみょう》な声となって響《ひび》いた。さっきからの予想外《よそうがい》の変化《へんか》の連続《れんぞく》。生から死へ、何度往復《おうふく》させられたことか。自己《じこ》の感情《かんじょう》をコントロールする力を、失《うしな》ってしまったのだ。

これは悪夢《あくむ》なんだ。ばかげた悪夢《あくむ》なんだ。泣《な》いてさめない夢《ゆめ》なら、笑《わら》えばさめるかもしれないではないか。いずれにせよ、こんなおかしなことはない。

うつろな笑《わら》い声は、さらにつづいた。

男は首をかしげ、もっともらしく言った。

「こいつ、狂《くる》いやがった。これでは刑《けい》の執行《しっこう》も不能《ふのう》だ。国外追放《ついほう》にする」

そして、青年を抱《だ》きかかえるように立たせ、玄関《げんかん》から外へ押《お》し出した。薬品の効果《こうか》が薄《うす》れてきたのか、青年はたよりなげに鞄《かばん》をかかえ、ふらふら歩きながら、大きな笑《わら》い声をたてた。

通りがかりの人は、変《へん》な目で見た。やがて、そのなかのだれかが、近よって話しかけた。

青年は、マイ国で逮捕《たいほ》された事件《じけん》を話した。話しながら高笑《たかわら》いする。だれもが彼《かれ》を持てあました。

とても正気《しょうき》とは思えなかった。警察《けいさつ》の扱《あつか》う事件《じけん》でないことは、あきらかだった。断片的《だんぺんてき》な話を信《しん》ずるとしても、酒を飲まされただけで、なにも奪《うば》われていない。

つとめ先の銀行の関係者《かんけいしゃ》が相談し、彼《かれ》を病院に入れた。治療《ちりょう》が重ねられ、青年の笑《わら》いはとまった。だが医者たちは、彼《かれ》の頭の妄想《もうそう》を消し去ることができず、苦心している。

高笑《たかわら》いはとまったが、そのかわり、じっと考え込《こ》むようになった。その内容《ないよう》は国家についてだった。自分が独立《どくりつ》して作る国の名称《めいしょう》、国旗《こっき》のデザイン、憲法《けんぽう》、建国《けんこく》神話などについて思いめぐらしているのだ。時どき、じつに楽しそうな会心《かいしん》の笑《わら》いを浮《うか》べる。なにか名案《めいあん》を、思いついたのだろう。また、妙《みょう》なメロディーを口ずさむ。重々しい曲だ。国歌の作曲をしているのだろう。

これは異常《いじょう》なのであろうか。精神異常《せいしんいじょう》だとすれば、狂《くる》ったとみとめて処刑《しょけい》を中止し、釈放《しゃくほう》をしたマイ国の政府《せいふ》の決定は正しかったことになる。

青年の頭が、異常《いじょう》ではないとしたらどうだろう。そうだとすれば、この場合もやはりマイ国の存在《そんざい》が正しいのだ。

そして、だれも…

飛《と》びつづける宇宙船《うちゅうせん》のなか。ここに乗り込《こ》んでいるわれわれは、新しい惑《わく》星《せい》を発見するという目的《もくてき》を持って、地球を出発した探検隊《たんけんたい》だ。

宇宙《うちゅう》空間の旅ぐらい、退屈《たいくつ》なものはない。窓《まど》のそとの光景《こうけい》は、星々が無数《むすう》にきらめいているだけで、いっこうに変《かわ》らない。いかに美しい眺《なが》めでも、こういつまでも同じでは、楽しむ気分など消えてしまう。また、夜や昼といった区切りがなく、季節の変化《へんか》だって、あるわけがない。ちょうど、時の流れが停止《ていし》してしまったような感じ。

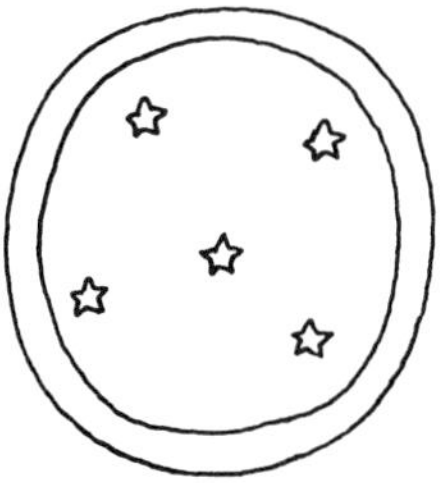

そんな状態《じょうたい》のなかで、われわれはぼんやりと生活している。しなければならぬこと、いそがしさ、そんなものは、なにもないのだ。

隊員《たいいん》は、全部で五名。私《わたし》は副長《ふくちょう》という職《しょく》にある。ここでの最高責任者《さいこうせきにんしゃ》はもちろん隊長《たいちょう》で、彼《かれ》は宇宙船《うちゅうせん》の船長でもある。そのほか、第一操縦士《そうじゅうし》、第二操《そう》縦士《じゅうし》、通信士《つうしんし》が乗っている。いずれも男性《だんせい》で、健康《けんこう》で、優秀《ゆうしゅう》な能力《のうりょく》の持ち主ばかり。自分をほめていることにもなってしまうが。

隊長《たいちょう》はどちらかというと口やかましい性格《せいかく》で、つまらないことを、いちいち注意する。隊長《たいちょう》という立場上いたしかたないのだろうが、宇宙船《うちゅうせん》のなかでは逃《に》げかくれすることもできない。うけたまわっておく以外《いがい》にない。もっとも、私はこつをのみこみ、なにか言われたら、さからうことなく「はあ、はあ」と聞き流している。ほかの者たちもそうだ。

長い時間の退屈《たいくつ》をまぎらすため、われわれはトランプで遊ぶのが日課《にっか》だ。

53 そして、だれも…

何百回となくやった。もしかしたら、何千回になるかもしれない。そして、このところ私《わたし》は大きく負けている。その分だけ勝っているのが通信士《つうしんし》で、私《わたし》はいっこうに取りかえせないでいる。これまた面白《おもしろ》くないことだが、腕前《うでまえ》のちがいなのだから、あきらめるほかはない。

それ以外《いがい》には、事件《じけん》らしきことはなにもない。なにしろ長い長い旅なのだ。平穏《へいおん》で無変化《むへんか》な生活の連続《れんぞく》。地球上についての思い出も、最初《さいしょ》のうちは話題になったが、いまはもう話しつくし、だれも口にしなくなってしまった。

といって、これからのことに関《かん》して、議論《ぎろん》することもない。新しい惑星《わくせい》の発見が目的《もくてき》なのだが、それがはたして存在《そんざい》するのかどうか、なんとも断言《だんげん》はできないのだ。飛《と》びつづけているこの方向に、惑星《わくせい》がない場合だってありうる。途中《とちゅう》でむなしく引きかえすことに、なるかもしれない。

だから、議論《ぎろん》に熱《ねつ》が入らないのだ。あまり期待しすぎると、なかった場合の失望《しつぼう》も大きくなる。それに、仮定《かてい》の上に立った議論《ぎろん》では、発展《はってん》のしようもない。

というわけで、ただただ、なんということのない生活がくりかえされてゆく。あばれたり叫《さけ》んだりしても意味がないと、だれもが知っているからだ。

その時もいつものようにトランプをやっていたのだが、私《わたし》はふと気がついて言った。

「隊長《たいちょう》はどこへ行ったんだろう」

「そういえば、さっきからいないな。きっと、トイレにでも行ったのだろう」

だれかが答え、しばらくトランプがつづいた。私《わたし》はまた通信士《つうしんし》に大きく取られた。しかし、隊長《たいちょう》はなかなか戻《もど》ってこなかった。第一操縦士《そうじゅうし》が言う。

「それにしても隊長《たいちょう》、時間がかかりすぎるな。腹《はら》でもこわしたのだろうか。ちょっと見てこよう……」

彼《かれ》は席《せき》を立ち、やがて戻《もど》ってきて、首をかしげながら言った。

「……トイレにはいなかった。水でも飲んでいるのかと調理室をのぞいたが、そこにもいない。いったい、隊長《たいちょう》はどこへ行ったのだろう」

「どこにもいないなんて、ありえないことだ。よくさがさなかったんだろう」

私《わたし》はそばのスピーカーに口を当て、くりかえし呼《よ》んでみた。

「隊長《たいちょう》、どこですか。応答《おうとう》ねがいます」

その声は、船内のどの部屋にもとどくことになっている。われわれは、耳をすませた。しかし、どこからも隊長《たいちょう》の声はかえってこなかった。一瞬《いっしゅん》みなは青ざめた顔をみつめあった。通信士《つうしんし》は私《わたし》に言った。

「隊長《たいちょう》に、なにかおこったのでしょうか。どうしましょう」

「手わけしてさがそう。なにかにぶつかって気を失《うしな》い、倒《たお》れているということも考えられる」

われわれ四人は担当《たんとう》の区域《くいき》をきめ、それぞれ隊長《たいちょう》の姿《すがた》を求《もと》めて船内を歩きまわった。私《わたし》のさがした部分にはいなかった。われわれは最初《さいしょ》の場所にふたたび集合し、報告《ほうこく》を持ちよった。だれの答えも同じだった。

「隊長《たいちょう》の姿《すがた》は見あたりません」

しかし、隊長《たいちょう》がいなくなるはずはないのだ。たぶん、だれかのさがし方がいいかげんだったのだろう。だれも、そんな目つきでほかの者を眺《なが》めている。仕方がないので、私《わたし》は提案《ていあん》した。

「では、こんどは、みんないっしょにさがしまわろう。見落としがないよう、しらみつぶしにさがすのだ」

われわれは一団《いちだん》となって、部屋から部屋へとまわった。机《つくえ》の下だの、戸棚《とだな》のなかだの、装置《そうち》の裏側《うらがわ》だの、人のはいれそうな場所は、すべてのぞきこんだ。

しかし、どこにも隊長《たいちょう》の姿《すがた》はない。資材貯蔵室《しざいちょぞうしつ》のドアをあけ、そのなかも調べてみた。着陸《ちゃくりく》しない限《かぎ》り用のない部屋で、そのなかにいるとは思えなかったが、万一ということもある。しかし、そこにもいなかった。何回か呼《よ》びかけてもみたが、答える声はかえってこなかった。

どうもおかしい。形容《けいよう》しにくい、いやな予感が、私《わたし》の背中《せなか》を走り抜《ぬ》けていった。それは、私《わたし》ばかりではなかったようだ。第二操縦士《そうじゅうし》が、口ごもりながら言った。

「あの、宇宙船《うちゅうせん》のそとに出たということは、考えられないでしょうか」

船内にいなければ、船外ということになる。しかし、宇宙船《うちゅうせん》のドアというものは、ひとりで簡単《かんたん》にあけて、そとへ出られるようにはできていない。各《かく》人《じん》が配置《はいち》について、エアーロックの二重ドアを操作《そうさ》しなければ、絶対《ぜったい》に開かない。いかに隊長《たいちょう》でも、勝手なことはできないのだ。

「まあ、考えられないな。しかし、念《ねん》のためだ。調べてみよう」

私《わたし》は船外に出るドアを、調べてみた。ドアがあけられたあとは、なかった。また、船外へ出ている者があれば、その人数だけライトのつくしかけもあるのだが、そのライトはひとつも光っていなかった。

さらに私《わたし》は、宇宙服《うちゅうふく》のおいてある部屋をのぞき、数をかぞえた。そこには予《よ》備《び》のもいれて十着の宇宙服《うちゅうふく》があり、ひとつもへっていない。船長が宇宙船《うちゅうせん》のそとに出たということは、ありえない。しかし、船内については、さっきくまなく調べ、どこにも姿《すがた》を発見できなかった。どういうことなのだ。これは。

しばらく沈黙《ちんもく》がつづいた。やがて、だれかがふるえ声で言った。

「隊長《たいちょう》はどうしたんでしょう。覚悟《かくご》のうえの、自殺《じさつ》なのでしょうか」

「かりに自殺《じさつ》だったとしても、死体がどこかになくてはならない。電子レンジを使えば焼《や》いて灰《はい》にすることもできるだろうが、小さすぎて人間ははいれないし、さっきのぞいたら灰《はい》もなかった。それに、隊長《たいちょう》は自殺《じさつ》するような性《せい》格《かく》の人ではない。しかし、なにか手がかりがつかめるかもしれないから、隊《たい》長《ちょう》の机《つくえ》の引出しを調べてみるとするか」

と私《わたし》は言った。隊長《たいちょう》に万一のことがあったら、副長《ふくちょう》である私《わたし》が指揮《しき》をとらなければならない。記録書類《きろくしょるい》のたぐいを引きつぐ必要《ひつよう》もある。引出しのなかを、調査《ちょうさ》する権利《けんり》もあるというわけだ。

みなを立ち会わせ、隊長《たいちょう》の机《つくえ》の引出しをあけ、私《わたし》は思わず意味のない叫《さけ》び声をあげた。そこにはなにもはいっていなかったのだ。どの引出しのなかも、すべてからっぽ。書類《しょるい》一枚《まい》、歯ブラシ一本、爪切《つめき》りバサミひとつなかった。隊長《たいちょう》に関連《かんれん》したものは、なにひとつない。ちょうど、この宇宙船《うちゅうせん》には最初《さいしょ》から、隊長《たいちょう》が乗っていなかったといった感じだった。

通信士《つうしんし》は目をこすり、不安《ふあん》そうな声で言った。

「こんなことって、あるんだろうか。信《しん》じられない。隊長《たいちょう》はさっきまで、たしかにわれわれといっしょにいましたよ。ね、そうでしょう」

だれもかれも同じ思いだった。みな、うなずきあう。しかし、隊長《たいちょう》がいたことを証明《しょうめい》できるものは、なにひとつないのだ。からっぽの引出しをみつめていると、なにが信《しん》じられるのかわからなくなってくる。

「どうしましょう、これから……」

第一操縦士《そうじゅうし》、第二操縦士《そうじゅうし》、通信士《つうしんし》の三人が、私《わたし》をみつめながら言った。隊《たい》長《ちょう》が消《き》えてしまったとなると、指示《しじ》を出す責任者《せきにんしゃ》は私《わたし》ということになる。

しかし、この予想もしなかった事態《じたい》に、私《わたし》はなんと言ったものか、すぐには対策《たいさく》の案《あん》も浮《うか》んでこなかった。隊長《たいちょう》があらわれてくれるように、心から祈《いの》った。口うるさく、やかましいやつだと反感《はんかん》を持ったこともあったが、いなくなってみると、いい点だけが思い出される。私《わたし》なんかより、判断力《はんだんりょく》や統率《とうそつ》力《りょく》ははるかに上だ。しかし、隊長《たいちょう》をなつかしがって、だまったままでいるわけにもいかない。

「人員が消えるなど、ありえないことだ。きっと、船内のどこかにいるはずだ。どこか見落としているにちがいない。もう一回、手わけして調べることにしよう。なにか異状《いじょう》を発見したら、大声で知らせるのだ」

ふたたび、その作業が開始された。これで三回目だ。第一操縦士《そうじゅうし》、第二操《そう》縦士《じゅうし》が私《わたし》に報告《ほうこく》した。

「船内に異状《いじょう》なしです。しかし、隊長《たいちょう》はどこにもおりません」

63 そして、だれも…

だが、いくら待っても通信士《つうしんし》は戻《もど》ってこなかった。私《わたし》は腹《はら》を立てた。

「あいつ、悪ふざけをしているな。ふざけてる場合じゃないぞ。とんでもないやつだ。なにをぐずぐずしている」

そして、マイクをつかんでどなった。

「おい、通信士《つうしんし》、早く戻《もど》ってこい……」

しかし、どこからも返答はなかった。ぶきみな静けさだけが、あたりにただよっている。しばらく待ち、私《わたし》はもう一回どなってみたが、やはり同じ。

やつはどうしたんだろう。もしかしたら……。

われわれ三人は、船内をひとまわりしてみた。だが、通信士《つうしんし》の姿《すがた》はどこにもない。最後《さいご》に彼《かれ》の机《つくえ》の引出しをのぞき、われわれはぞっとした。隊長《たいちょう》のと同様、そこには、なにもなかったのだ。さっき、隊長《たいちょう》の机《つくえ》のからっぽなのを知って、ふるえ声で叫《さけ》んだ通信士《つうしんし》。その机《つくえ》のなかがこうなっているとは……。

冗談《じょうだん》にしろ、こんなことをやるひまは、なかったはずだ。いったい、通信《つうしん》士《し》のやつめ、どこへ行ってしまったのだろう。トランプの勝負で、私《わたし》の負けたぶんだけ彼《かれ》が浮《う》いているという点は不愉快《ふゆかい》だったが、いざ消えてしまうと、彼《かれ》がいかにかけがえのない人物だったか、身にしみてわかる。通信機《つうしんき》を扱《あつか》う技術《ぎじゅつ》は、だれでもいくらかは持っているが、彼《かれ》にくらべればはるかに劣《おと》るのだ。

私《わたし》は第一操縦士《そうじゅうし》と第二操縦士《そうじゅうし》に、緊張《きんちょう》した声で言った。

「これは、ただごとではない事態《じたい》だ。しかし、なぜ、こんなことになったのか、さっぱりわからない。想像《そうぞう》できる原因《げんいん》について、なんでもいいから、発言してくれ。どんなことでもいい……」

「笑《わら》われるかもしれませんが、宇宙人《うちゅうじん》のしわざじゃないでしょうか。彼《かれ》らにとっては好《この》ましくない宇宙船《うちゅうせん》、つまりこの船のことですが、それを発見した。

そこで特殊《とくしゅ》な方法《ほうほう》、金属《きんぞく》をへだてても作用を示《しめ》す殺人《さつじん》光線のようなもので、まず隊長《たいちょう》を消し、つぎに通信士《つうしんし》を……」

「なるほど」

私《わたし》は第一操縦士《そうじゅうし》の意見にうなずいた。ばかげた説《せつ》ではあるが、そうではないという証明《しょうめい》もできない。第二操縦士《そうじゅうし》はこんなことを言った。

「特殊《とくしゅ》な宇宙《うちゅう》ビールスという仮定《かてい》は、どうでしょう。それがかすかなすきまから船内にはいり、それに感染《かんせん》すると、たちまちのうちにからだがとけて消えてしまうというのは……」

「考えられないことではないな。しかし、服もろとも消えてしまっているのだ。さらに、机《つくえ》のなかの所持品までなくなっている。宇宙人《うちゅうじん》のしわざにしろ、ビールスにしろ、この説明《せつめい》には困《こま》るぞ」

と私《わたし》は疑問《ぎもん》を提出《ていしゅつ》した。そして、内心でひそかに、こうも考えてみた。なんらかの作用で、私《わたし》に超能力《ちょうのうりょく》がそなわったという仮定《かてい》はどうだろう。口のうるさい隊長《たいちょう》のやつ、いなければいいのに、と思ったとする。すると、それが現実《げんじつ》となって、関連《かんれん》した物品もろとも消えてしまう。また、トランプで勝ちつづける通信士《つうしんし》に対しても、面白《おもしろ》くないやつだと腹《はら》を立てると、それもまた現実《げんじつ》となって、彼《かれ》は存在《そんざい》することをやめ……。

しかし、そのことを口にする気には、なれなかった。不意《ふい》に超能力《ちょうのうりょく》をそなえたのが、私《わたし》でない場合だってある。いずれにせよ、この際《さい》、気まずい気分をひろめることはない。

われわれはそのほか、思いつくことを、かたっぱしから話しあった。空間のゆがみを通過《つうか》したため、べつな次元《じげん》に消えていったのではないか。時間の流れを乱《みだ》す力が作用し、過去《かこ》か未来《みらい》へ押《お》し流されたのではないか。

あるいは、記憶喪失《きおくそうしつ》のような一種《いっしゅ》の狂気《きょうき》によって、われわれに精神的《せいしんてき》な盲《もう》点《てん》ができたのではないか。そのため、隊長《たいちょう》と通信士《つうしんし》の存在《そんざい》をみとめることができなくなったということはないだろうか。

意見はいろいろと出たが、たしかめようのないものばかりだった。ただのおしゃべりと実質的《じっしつてき》には変《かわ》りない。私《わたし》は決断《けつだん》を迫《せま》られているのだ。これからどうすべきなのか、それをきめるのは私《わたし》なのだ。

ほかの二人は、私《わたし》をみつめ指示《しじ》を待っている。ぼやぼやしてはいられないのだ。このままだと、事態《じたい》はもっと悪化しかねない。私《わたし》は言った。

「原因《げんいん》はさっぱりわからないが、異常《いじょう》な危険《きけん》に直面していることはたしかだ。こうなったからには、地球へ引きかえそう。進みつづけようにも、こう人員がへったら、かりに惑星《わくせい》を見つけたにしても、探検《たんけん》の目的《もくてき》を達《たっ》することができない。ひとまず地球へ戻《もど》ろうと思う。どうだろう」

「賛成《さんせい》です」

と第一操縦士《そうじゅうし》は指示《しじ》に従《したが》い、操縦室《そうじゅうしつ》に入り、装置《そうち》を動かそうとした。しかし、すぐに悲鳴のような声をあげた。

「これは、どういうことなんだ。装置《そうち》がまるで働《はたら》かない。これでは方向を変《か》えることもできない」

「おい、本当か。なぜなんだ」

私《わたし》が聞くと、第一操縦士《そうじゅうし》が言う。

「わけがわからない。こんなはずはないのだが。電気回路かなにかに故障《こしょう》がおこったのだろうか。点検《てんけん》をする必要《ひつよう》があります。手伝《てつだ》って下さい」

「いいとも。急いでやろう」

私《わたし》は宇宙船《うちゅうせん》の中央部にある管制室《かんせいしつ》へ行き、第二操縦士《そうじゅうし》は後部の燃料室《ねんりょうしつ》へと行った。おたがいにマイクで連絡《れんらく》をとりあう。

「管制室《かんせいしつ》、どうですか」

と第一操縦士《そうじゅうし》。

「異常《いじょう》なしだ」と私《わたし》。

「燃料室《ねんりょうしつ》も異状《いじょう》なし」と第二操縦士《そうじゅうし》。

どこにも異状《いじょう》はないようだ。となると、宇宙船《うちゅうせん》が操縦不能《そうじゅうふのう》におちいった原《げん》因《いん》はなんなのだろう。私《わたし》は聞きかえした。

「操縦室《そうじゅうしつ》、なにかわかったか」

しかし、その返事はなかった。くりかえして聞いたが、やはり同様。私《わたし》はいやな胸《むな》さわぎを感じ、操縦室《そうじゅうしつ》へと急いだ。そこに第一操縦士《そうじゅうし》の姿《すがた》はなかった。

「おい、どこへ行ったんだ。早く故障《こしょう》部分を発見しなければならないんだぞ」

私《わたし》は大声をあげる。

「ここです。どうしました」

答える声があった。しかし、それは燃料室《ねんりょうしつ》から戻《もど》ってきた第二操縦士《そうじゅうし》だった。私《わたし》は彼《かれ》に言う。

「どうもこうもない。今度は第一操縦士《そうじゅうし》が消えてしまった。いま、ちょっと離《はな》れたすきにだ。もう、なにもかもめちゃめちゃだ。手のつけようがない」

「どこへ、なぜ消えたんでしょう」

「わかるものか」

私《わたし》は首をふって言った。しかし、さっきちょっと考えた、私《わたし》に超能力《ちょうのうりょく》がそなわったせいかもしれないという仮定《かてい》は崩《くず》れた。これまでに私《わたし》は、第一操縦《そうじゅう》士《し》に対していやな感じを抱《いだ》いたことは、まったくなかったからだ。

その点、いくらかやましいような気分はなくなったというものの、喜《よろこ》ぶべきものでないことはいうまでもない。事態《じたい》は一段《いちだん》と悪化しているのだ。

私《わたし》と第二操縦士《そうじゅうし》。宇宙船《うちゅうせん》のなかには、もう二人しか残《のこ》っていないのだ。それだけでも心細いのに、操縦装置《そうじゅうそうち》がおかしくなっている。引きかえすことは不可能《ふかのう》だろう。宇宙船《うちゅうせん》は、ただ進みつづけるだけなのだ。絶望《ぜつぼう》にむかって進みつづける……。

事態《じたい》の好転《こうてん》することは考えられない。悪くなることはあってもだ。第二操《そう》縦士《じゅうし》は言った。

「もっとひどいことになりそうですね」

「ああ……」

その覚悟《かくご》はしておいたほうがよさそうだ。つまり、このままだと、さらに犠牲者《ぎせいしゃ》の出ることもありうるわけだ。いままでの経過《けいか》から予想される。となると、つぎに消えるのはだれなのだ。だれの番だろう。私《わたし》か第二操縦《そうじゅう》士《し》のどちらかだ。第二操縦士《そうじゅうし》だろうか。かりにそうだとしても、いいことは少しもない。

そのつぎは、いずれにせよ確実《かくじつ》に私《わたし》なのだ。消えたあとは、どうなるのだろう。どこへ消えるのだろう。それが死を意味するものなのかどうかも、それすらわからない。また万一、私《わたし》だけが消えることなく残《のこ》ったとしても、ろくなことはない。操縦不能《そうじゅうふのう》におちいった宇宙船《うちゅうせん》のなかに、私《わたし》ひとりという状態《じょうたい》になるのだ。宇宙《うちゅう》のはてまで流されつづけるのだ。

この異常事件《いじょうじけん》の報告書《ほうこくしょ》を作って残《のこ》しても、だれに読まれることもないだろう。ひとりになってしまったら、孤独《こどく》にたえられなくなって、頭がおかしくなるかもしれない。あるいは自殺《じさつ》をえらぶかもしれない。

消えてしまった連中《れんちゅう》のことを考えると、なつかしさでたまらなくなる。どこへ消えてしまったのだ。もし彼《かれ》らが戻《もど》ってきてくれれば、私《わたし》はどんなことでもする。私《わたし》は第二操縦士《そうじゅうし》に言った。

「まるでわけがわからんが、残《のこ》ったのはわれわれ二人になってしまった。気をつけよう」

「どう気をつければ、いいのでしょう」

「それもわからん。これからはけっして単独《たんどく》行動をとらないようにしよう。おたがいに、そばを離《はな》れないことだ」

「それで大丈夫《だいじょうぶ》でしょうか」

「しかし、ほかに注意しようがない」

たしかにそうなのだ。目に見えぬ魔《ま》の手を防《ふせ》ぐのに、そんな方法《ほうほう》ではだめかもしれない。われわれは非常装置《ひじょうそうち》のボタンを押《お》してもみた。前方に物体を発見した時に使うもので、逆噴射《ぎゃくふんしゃ》で速力を落とすためのものだ。しかし、その効果《こうか》もなかった。宇宙船《うちゅうせん》は、静かに進みつづけることをやめない。第二操《そう》縦士《じゅうし》は、寒そうな身ぶりで言った。

「不安《ふあん》でたまりません。皮膚《ひふ》がぞくぞくします。どこからか、なにものかにねらわれているのだと思うと、落ち着きません。宇宙服《うちゅうふく》を着ませんか。なにかを身につけていれば、いくらか安心感がえられるかもしれない」

「それもそうだな。役に立つという保証《ほしょう》もないが、やってみよう。持ってきてくれ。いや、いっしょに行こう。はなればなれになるのは危険《きけん》だ」

私《わたし》たちは宇宙服《うちゅうふく》のおいてある部屋に行った。それを身につける。しかし、こんなことで、消えるのが防《ふせ》げるのだろうか……。

その時。カチッというような音を、私《わたし》は聞いた。音といっても、普通《ふつう》の音ではない。頭の奥《おく》のほうで鳴ったような音。なんだろう。それと同時に私《わたし》はめまいを感じ、床《ゆか》の上に横たわり……。

どれくらいの時間がたったのだろう。見当はつかなかったが、そう長い時間ではないようだった。眠《ねむ》いような気分。私《わたし》の耳に、人の声が聞こえてくる。

「おい、起きろ」

「さあ、目をあけて、コーヒーを飲め」

などという声だ。聞きおぼえのある声。私《わたし》はまぶたに力をいれ、目をあけた。それから、まわりで私《わたし》を見おろしている人たちの顔を見た。その人たち……。

隊長《たいちょう》、通信士《つうしんし》、第一操縦士《そうじゅうし》がそこにいるではないか。私《わたし》はこみあげてくる喜《よろこ》びを声にして言った。

「あ、みなさん、戻《もど》ってこれたんですか。よかった。一時はどうしようかと思いましたよ。なにしろ隊長《たいちょう》からはじまって、ひとりずつ消えていったんですから。しかし、よく戻《もど》れましたね。いったい、どこへ行っていたのですか」

「まあ、その説明《せつめい》はあとにして、まずコーヒーでも飲んで、目をさますことだな」

隊長《たいちょう》は言った。だれかがコーヒーをさし出し、私《わたし》はそれを飲んだ。濃《こ》く熱《あつ》いコーヒー、それによって私《わたし》のねむけはさめ、頭はしだいにはっきりしてきた。私《わたし》はからだを起こし、あたりを見まわす。そのなかに、第二操縦士《そうじゅうし》の姿《すがた》だけがなかった。

「第二操縦士《そうじゅうし》はどうしたんです。あいつがいないようですね。みなさんが戻《もど》ったかわりに、こんどは彼《かれ》が消えてしまったということですか……」

「いやいや、そう心配することはない。彼《かれ》だって、まもなく姿《すがた》を見せるさ。目がさめたらね」

と隊長《たいちょう》が言う。私《わたし》は聞きかえす。

「目がさめたらって、彼《かれ》はまだ眠《ねむ》っているというわけですか」

「そうだよ」

「というと、わたしもいままで眠《ねむ》っていたということですか」

私《わたし》の質問《しつもん》に隊長《たいちょう》はうなずく。

「そうだよ」

「ずっとですか」

「そう、ずっとだ」

「いったい、いつから眠《ねむ》っていたのです」

「地球を出発してからだ」

「すると、いままでのは、みな夢《ゆめ》だったということになるのかな。しかし、どういうことなんです。説明《せつめい》してください」

私《わたし》が言うと、隊長《たいちょう》が話し始めた。

「われわれは地球を出発して以来《いらい》、宇宙船《うちゅうせん》のなかでずっと眠《ねむ》りつづけだった。

今回の宇宙《うちゅう》旅行は、これまでのにくらべ、はるかに長い距離《きょり》を飛《と》ばなければならない。そのため、乗員たちは全員、人工冬眠《とうみん》の状態《じょうたい》にならなければいけなかった」

「そういえばそうでしたね」

「乗員がみな、冬眠状態《とうみんじょうたい》にあっても、宇宙船《うちゅうせん》の計器類《けいきるい》は正確《せいかく》に働《はたら》きつづけている。そして、レーダーが前方に惑星《わくせい》らしきものがあることをキャッチし、まずわたしに連絡《れんらく》し、自動的《じどうてき》にわたしの目をさまさせた。わたしは目ざめ、これを自分の頭からはずしたというわけだ」

隊長《たいちょう》はそばにあるヘルメット状《じょう》のものを指さした。ただのヘルメットでなく、精巧《せいこう》な感じを与《あた》えるもので、一端《いったん》からコードが伸《の》びていた。私《わたし》は聞く。

「なんでしたっけ、それは……」

「夢《ゆめ》を見せる装置《そうち》だよ。夢《ゆめ》なしで長い長い時間を眠《ねむ》りつづけると、脳細胞《のうさいぼう》の働《はたら》きがおとろえ、頭がぼけてしまう。といって、各人《かくじん》がそれぞれ勝手な夢《ゆめ》を見ると、目ざめたあと気分の統一《とういつ》に時間がかかり、すぐ仕事にかかれない。その問題を解決《かいけつ》するために開発された装置《そうち》だよ。みながヘルメットを頭につけて眠《ねむ》ると、おたがいのヘルメットはコードで連絡《れんらく》されていて、だれもかれも共同で同じ夢《ゆめ》を見る」

隊長《たいちょう》の手にしているヘルメットのコードは、部屋の端《はし》にある、四角い金属《きんぞく》製《せい》の装置《そうち》に伸《の》びていた。そこからは、コードが私《わたし》のほうにもきている。私《わたし》は自分の頭に手をやる。ヘルメットがあった。それをはずし、眺《なが》めてうなずきながら私《わたし》は言った。

「そうでしたか。ずっとこれで夢《ゆめ》を見ていたというわけか。われわれは、自分たちみんなが参加《さんか》し出演《しゅつえん》している夢《ゆめ》を、それぞれが見ていたのですね」

隊長《たいちょう》は答える。

「そういうことだ。しかし、まずわたしが目ざめ、ヘルメットをはずした。そのため、共同の夢《ゆめ》のなかから、わたしが消えたというわけだろう」

「そういうことになりますね。どうりで、いくらさがしまわっても隊長《たいちょう》を発見することができなかったわけだ」

「もっとも、わたしとしては、夢《ゆめ》の世界から自分が消えることになるとは知らなかった。これはあとから知ったことだよ。さて、わたしはレーダーを調べ、前方に存在《そんざい》するのが惑星《わくせい》らしいと判断《はんだん》した。それを確認《かくにん》するため、通信《つうしん》士《し》に詳《くわ》しい測定《そくてい》をやってもらおうと思った。そこで彼《かれ》のヘルメットのスイッチを切り、起きてもらった」

「そうでしたか」

「測定《そくてい》の結果《けっか》、未知《みち》の新しい惑星《わくせい》であることが、はっきりした。われわれは、それを目ざさなければならない。そのためには、宇宙船《うちゅうせん》の進路を少し変更《へんこう》しなければならない。わたしは、つぎに第一操縦士《そうじゅうし》に起きてもらった。起きてもらうたびに、夢《ゆめ》の世界での消失《しょうしつ》さわぎを聞かされた……」

「だんだんわけがわかってきました。しかし、そういうしかけとは、出発前に聞きませんでしたね。もっとも、聞いていたとしても、その記憶《きおく》は夢《ゆめ》の世界まで持ち込《こ》めなかったでしょうが。すっかり驚《おどろ》かされてしまいましたよ。わけもわからず、ひとりずつ消えていったんですから。まさに悪夢《あくむ》だ。目がさめずにあの夢《ゆめ》がつづいていたら、気が変《へん》になっていたかもしれない」

私《わたし》は息をついた。だが、隊長《たいちょう》は手をふって言う。

「いやいや、そんなことはないさ。あくまで夢《ゆめ》の中のことだからな。悪夢《あくむ》を見たのが原因《げんいん》で頭がおかしくなったやつはいないよ。むしろ、少しぐらい悪《あく》夢《む》だったほうが、目がさめてからほっとし、いい作用を残《のこ》すといえるかもしれない」

「そうかもしれませんね……」

と私《わたし》はひとりごとのように言った。ひとりずつ消えていった時、さびしくてならなかった。消えていった者たちの長所ばかりを思い出し、欠点《けってん》は忘《わす》れてしまった。戻《もど》ってきてくれと心から祈《いの》ったものだ。げんにいまの私《わたし》も、みなに会えたうれしさで、心は喜《よろこ》びにあふれている。


そのうち、私《わたし》は思いついて言った。

「あ、それはそうと、第二操縦士《そうじゅうし》を早く目ざめさせてやりましょう。おそらく彼《かれ》は、いま夢《ゆめ》のなかでたったひとり、恐怖《きょうふ》にふるえているはずですよ」

「そうだな、そうしよう」

隊長《たいちょう》は言う。われわれは第二操縦士《そうじゅうし》の眠《ねむ》っているところへ行った。彼《かれ》はヘルメットをかぶり毛布《もうふ》にくるまって眠《ねむ》っている。この毛布《もうふ》は体温を下げ冬眠《とうみん》状態《じょうたい》にする作用を持つものだ。隊長《たいちょう》は指でスイッチを切る。それとともに毛《も》布《ふ》の温度は上がりはじめ、ヘルメットは口のあたりに薬品の霧《きり》をただよわせる。それらによって冬眠《とうみん》からさめるのだ。

第二操縦士《そうじゅうし》は、低《ひく》くうめき声をあげている。夢《ゆめ》は終ったが、孤独《こどく》の不安感《ふあんかん》がつづいているのだろう。みなは彼《かれ》に声をかけ、からだをたたく。

「さあ、しっかりしろ。起きるんだ」

やがて、彼《かれ》は細く目をあけ、まず私《わたし》を見つけ、そして、言う。

「ああ、副長《ふくちょう》。ぶじだったんですね。どうなったかと、息のとまる思いでしたよ。なにしろ宇宙船《うちゅうせん》のなかから、とつぜん消えてしまったんですからね。ぞっとしてしまいました……」

彼《かれ》はまわりを見まわし、ほかの者もいることを知る。

「……全員ぶじだったのですね。いったい、これ、どういうわけですか」

彼《かれ》は変《へん》な声をあげた。だが、だれも笑《わら》わなかった。それに対して私《わたし》は、さっき私《わたし》がされた説明《せつめい》をしてやった。事情《じじょう》がわかるにつれ、第二操縦士《そうじゅうし》は安心し元気づいてきた。

「なるほど、わかりました。悪夢《あくむ》が終ってほっとしましたよ。みんなとは、二度と会えないんじゃないかと、死ぬよりさびしい思いでしたが、ここで、またいっしょに仕事ができるんですから。どんな困難《こんなん》な仕事でも、あの孤独《こどく》感《かん》よりはずっといい」

私《わたし》は内心で、あらためて考える。あの、夢《ゆめ》を見せる装置《そうち》、うまくできていやがる。終りのほうでちょっと悪夢《あくむ》に仕上げ、目ざめた時に、みなの心に協《きょう》力《りょく》しあおうという感情《かんじょう》をうえつけてしまうというわけだ。気をそろえて、すぐに仕事にかかれるように……。

ばらばらの夢《ゆめ》だったら、こうはいかないだろう。同じ夢《ゆめ》だったとしても、同時に目ざめたのでは、これまただめだ。ひとりずつ目ざめさせるところが効果的《こうかてき》なのだ。だれが開発したのかしらないが、うまいしかけだ。

前方の未知《みち》の惑星《わくせい》は、しだいに近づきつつある。宇宙船内《うちゅうせんない》には活気がみちてきた。隊長《たいちょう》はきびきびした口調で命令《めいれい》する。そして、だれもが、自分のなすべきことをはじめた。

なりそこない王子

めでたし、めでたし。トム・キャンチーにとっては、めでたいといってい い結末《けつまつ》だった。あわれな乞食《こじき》の少年だったむかしにくらべ、なにもかも、す っかり好転《こうてん》している。

ことのおこりは、エドワード・チューダー王子の気まぐれからだった。宮《きゅう》 殿《でん》にまぎれこんだトムは、王子の目にとまり、服のとりかえっこをやってし まった。容器《ようき》は中身を決定する。一瞬《いっしゅん》のうちにトムは王子のあつかいを受け はじめ、エドワード王子はそこを追い出され、乞食《こじき》として町や野をさまよう

身の上となった。

しかし、乞食《こじき》に転落《てんらく》した王子は、変《か》わり者あつかいされながらも、気品と希《き》望《ぼう》を失《うしな》わず、世の矛盾《むじゅん》に接《せっ》するたびに正義感《せいぎかん》を燃《も》えたたせ、人間的《てき》な成長をとげた。そして、幸運にも、もとの地位《ちい》に戻《もど》ることができた。

すなわち、エドワードは王子となり、トムはその椅子《いす》から去らねばならなかった。といって、以前の乞食《こじき》へ逆《ぎゃく》もどりというわけではない。王子はトムに言った。

「トム・キャンチーは、わたしの留守中《るすちゅう》、善意《ぜんい》あふるる政治《せいじ》をしてくれた。お礼を言う。きょうから、クラスト育児院《いくじいん》の院長《いんちょう》の職《しょく》を与《あた》えることにする……」

めでたい結末《けつまつ》というべきだろう。トムは思う。王子さまは、けっこう苦労《くろう》されたようだな。しかし、こっちだって、楽じゃなかったぜ。腹《はら》いっぱい食事ができたのはよかったが、宮殿《きゅうでん》という別世界《べっせかい》に、とつぜんほうりこまれたんだからな。食卓《しょくたく》でフィンガー・ボールの水を飲み、列席者《れっせきしゃ》に変《へん》な目で見られたりした。いま思い出しても、冷汗《ひやあせ》が出る。まあ、周囲《しゅうい》の連中《れんちゅう》が気づかれのためらしいと思いこんでくれたから、こっちもそれらしくよそおい、ぶじにことをおさめてきた。

もし王子の留守中《るすちゅう》、とりかえしのつかない失敗《しっぱい》をしでかしたら、どうなったろう。まったく、王子が戻《もど》ってくるまでは、綱渡《つなわた》りの連続《れんぞく》のようなものだった。どうせ、こっちは脇役《わきやく》さ。人びとが、おいたわしい王子さまの体験《たいけん》のほうばかりを話題にするのは、仕方のないことだろう。しかし、文句《もんく》は言うまい。育児院長《いくじいんちょう》の職《しょく》につけたのだ。もはや、腹《はら》をすかせて乞食《こじき》をしてまわる必要《ひつよう》もないのだ。

院長《いんちょう》用の豪華《ごうか》な椅子《いす》にかけ、トムは毎日を回想にひたってすごした。二十歳《さい》を過《す》ぎたばかりだというのに、回想だけが生きがいの生活。むりもない。わずかな期間とはいえ、王子としての尊敬《そんけい》をうけ、きらびやかな空気を呼吸《こきゅう》した。たしかに最初《さいしょ》のうちは、とまどいの連続《れんぞく》だった。しかし、しだいになれてもきた。悪くはなかったなあ。宮殿《きゅうでん》のたくさんの美女。あの当時は少年だったから、異性《いせい》を見てどうってこともなかったが、いまになってみると残《ざん》念《ねん》な気がしてならぬ。

だが、いかに残念《ざんねん》がってみても、もう二度とあんな生活を味わえないのだ。味をしめていなければ、なんということもない。しかし、味をしめ、その味をもう味わえないとなると、回想のなかで過去《かこ》の肌《はだ》ざわりをなつかしむ以外《いがい》にないではないか。

トムは時どき宮殿《きゅうでん》に呼《よ》び出される。いまや王となっているエドワードの、思い出話の相手をさせられるのだ。

「なあ、トム。あれは面白《おもしろ》い体験《たいけん》だったな。最《もっと》もスリルのあったのは、わたしが小屋の中でしばられ、そばで頭のおかしな老人《ろうじん》が肉切包丁《にくきりぼうちょう》をとぎはじめた時だったぜ。いや、あの時は本当にどうなるかと……」

トムがなにか言いかけようとしても、エドワードは許《ゆる》さない。

「……きみも宮殿《きゅうでん》で大変《たいへん》だったろうさ。しかし、こっちは、もっとひどかったんだぜ。そうだ、牢《ろう》にほうりこまれたことも……」

毎回毎回、同じ話を聞かされる。もううんざりだが、なにしろ相手は王なのだ。「大変《たいへん》でございましたな、で、それから」と身を乗り出してみせねばならない。内心では、早く終るよう祈《いの》るばかり。しかし、王はあきることなくつづけるのだ。

これでボーナスをもらい帰宅《きたく》したトムは、ほっとし、こんどは自分の回想にひたるのだ。こっちの回想談は、だれも聞いてくれない。少年だったころには話す口調にもかわいげがあり、聞いてくれる人なきにしもあらずだった。しかし、二十歳《はたち》を過《す》ぎたいまとなると、ごちそうをそろえて招待《しょうたい》しても、だれもいい顔をしてくれない。

王子生活の思い出話になると、みなそっぽをむく。彼《かれ》らはこう考えているのだろう。にせ物を本物と思いこみ、こいつにむけて心からの万歳《ばんざい》の声を発したこともある。おれたちはばかだった。もし本物の王子が帰ってこなかったら、こいつがいまは王になってたというわけか。ひでえもんだぜ……。

トムはさびしくなる。「すべてはエドワード王子の気まぐれのせいで、おれのせいじゃない」と叫《さけ》びたいところだが、それもできない。王の怒《いか》りをかったら、いまの職《しょく》を失《うしな》い乞食《こじき》に戻《もど》らねばならぬ。いや、乞食《こじき》だって、もはや仲間《なかま》には入れてくれないだろう……。

欲求不満《よっきゅうふまん》とは、このようなものをいう。トムは、自分自身を持てあました。このままでは人生がだめになってしまう。人生という言葉から、トムは自分がまだ若《わか》いことに気がついた。やりなおしのきく年齢《ねんれい》ではないか。ここにいたのでは、たしかにやりなおしは不可能《ふかのう》だ。しかし、自分の過去《かこ》を知る者のいない遠くの国に行けば、まったく新しい人生をひらくことができるだろう。

そこには自由があり、希望《きぼう》や恋《こい》や冒険《ぼうけん》があり、すばらしいことが、すべてあるはずだ。トムは宮殿《きゅうでん》でエドワードに会い、からだの不調《ふちょう》を訴《うった》え、多額《たがく》の治療費《ちりょうひ》を借《か》りた。欲求不満《よっきゅうふまん》だって、一種《いっしゅ》の病気だ。さほど良心《りょうしん》もとがめない。

トムはそれを持って旅に出た。二度とここには戻《もど》るものか。


気ままなひとり旅。トムは王子さまスタイルの服を身につけ、腰《こし》に剣《けん》、馬にまたがってかなたをめざす。いい気分だった。宮殿《きゅうでん》での生活で、動作も洗《せん》練《れん》され気品も加《くわ》わっている。他人の目には王子に見えるだろう。いや、内心だってそれに近い。いまやだれにも気がねなく、気のむくままに動けるのだ。思わず歌が口から……。

その時、どこからともなく歌声が流れてきた。「ハイ・ホー」という合唱《がっしょう》。森の奥《おく》からのようだ。トムは森に馬を進め、道が細くなると馬を下りて歩き、歌声に近づく。

そして、つきとめた。七人の小人たちが、合唱《がっしょう》しながら楽しげに歩いている。トムはますます好奇心《こうきしん》を持った。気づかれぬよう、そっとあとをつける。小人たちは、丘《おか》の上で足をとめた。

なにをしているのだろう。トムは近よった。そこには細長いガラスの箱がおいてある。なかには、美しい少女が横たわっていた。トムはそれを、精巧《せいこう》な人形だろうと思った。小人というものは、そういう技術《ぎじゅつ》にすぐれているという話を聞いている。まるで、生きているような感じではないか。

「うむ。すばらしいできだな」

トムは思わず声をあげる。小人たちはふりむき、そこに王子さまふうの青年を見つけた。びっくりしながらも答える。

「この世にこれだけ美しく、きよらかなものはございません」

「わたしもそう思う。どうだろう、それをゆずってもらえないものだろうか」

トムの言葉づかいは、態度《たいど》と同様、やはり気品のあるものだった。小人たちの警戒心《けいかいしん》は高まらなかったが、相談のあげくこう答えた。

「せっかくですが、こればかりはいかに大金をいただいても、さしあげられません。われわれの心のささえなのですから」

「だめかな。それにしても、なんというすばらしさ。ちょっとでいい。さわらせてくれ」

トムはガラスのふたをあけ、そっと手を触《ふ》れる。なめらかな肌《はだ》。そのうち衝動《しょうどう》が高まり、思わず口づけをした。

その時、箱の中の美しい少女が目を開いた。トムはびっくり。一方、それを知った小人たちは「ばんざい」を叫《さけ》び、喜《よろこ》びの歌をうたい、おどりはじめた。トムは言う。

「これはどういうことなのだ。口づけとともに目をあける人形とは、まことによくできているな……」

普通《ふつう》の人なら、驚《おどろ》きで口もきけなくなるところだろう。しかし、かつて運命にもてあそばれたことのあるトムは、なまじっかなことでは驚《おどろ》かなくなっている。また、内心で驚《おどろ》いたとしても、それを身ぶりにあらわさない修業《しゅぎょう》もできている。まさに王子さま特有《とくゆう》の風格《ふうかく》。箱のなかの少女は、身を起こし、トムを見て顔を赤らめながら言う。

「まあ、なんとすてきな王子さま。あたし、まだ夢《ゆめ》を見ているのかしら。なんだか、長いあいだ夢《ゆめ》を見つづけていたみたい。あたし、白雪姫《しらゆきひめ》っていうの……」

「わたしはトムといいます。しかし、これはいったい、どういうことなのですか」

トムの質問《しつもん》に、白雪姫《しらゆきひめ》や小人たちは、かわるがわる説明《せつめい》をした。白雪姫《しらゆきひめ》は継母《ままはは》である王妃《おうひ》に、その美しさのゆえに嫉妬《しっと》され、いじめられ、ついに命まで狙《ねら》われるに至《いた》ったこと。まず森のなかに捨《す》てられ、小人たちの家にかくまわれたはいいが、変装《へんそう》してやってきた王妃《おうひ》に首をしめられたり、毒《どく》のついたくしを突《つ》きたてられたりした。それらの危害《きがい》はなんとかのがれたものの、ついに最後《さいご》は毒《どく》入りのリンゴを食べさせられて倒《たお》れ、いままで眠《ねむ》りつづけとなってしまったこと……。

小人のだれかがつけ加《くわ》えた。その悪い王妃《おうひ》はやがて死に、いまは父王ひとりが、さびしくお城《しろ》で暮《くら》している。姫《ひめ》が目ざめたということをお知りになったら、どんなに喜《よろこ》ばれることでしょう。

トムは優雅《ゆうが》なものごしで言った。

「そういう事情《じじょう》があったのですか。ああ、なんとおかわいそうな姫《ひめ》。しかし、わたしもお役に立つことができ、こんなうれしいことはありません。お父上がさびしがっておいでなら、一刻《いっこく》も早くお城《しろ》に戻《もど》られるのがいいでしょう。わたしがお連《つ》れします……」

いうまでもなく、お城《しろ》へ行くと王さまは大喜《おおよろこ》び。父と娘《むすめ》との感激《かんげき》の再会《さいかい》。王は自分の不明《ふめい》を反省《はんせい》し、涙《なみだ》ながらに白雪姫《しらゆきひめ》にわびる。だが悪い王妃《おうひ》はすでになく、死者にむちうつこともない。純粋《じゅんすい》な喜《よろこ》びだけが、そこにあった。

王はトムに言う。

「お礼の申しあげようもない。どこの王子なのですか」

「はい。遠い国のものでございます」

「なにかお礼をさしあげたいが……」

「いえ、お礼など。みなさまが喜《よろこ》んで下されば、それだけでいいのです」

「なんという欲《よく》のない王子。さすがに育ちのいいかただ。で、どうでしょう。こんなことを申しては失礼《しつれい》かもしれないが、姫《ひめ》と結婚《けっこん》し、わしのあとをついでもらえぬだろうか」

「ありがたいお言葉ですが……」

トムは口ごもる。夢《ゆめ》のような幸運。名実ともに王子になれるのだ。しめたと飛《と》びつきたいところだが、その心を押《おさ》えた。宮殿《きゅうでん》生活で身についた知恵《ちえ》。待ってましたと飛《と》びつくのは、いやしい身分の者のすること。高貴《こうき》な者は、軽々しく応《おう》じてはいけないのだ。まさにその通り。王はさらにトムにほれこみ、一段《いちだん》と熱心《ねっしん》になる。

「わしは疲《つか》れたのだ。後継者《こうけいしゃ》をきめて、安心したい。ぜひ承知《しょうち》してもらいたい」

「そんなにまでおっしゃるのなら。わたしがめぐりあわせたというのも、神のおぼしめしでしょう。それには従《したが》うべきかもしれません……」

トムはうなずく。ばんざいと叫《さけ》びたい気分だが、そんなはしたない表情《ひょうじょう》は示《しめ》さない。

そして、盛大《せいだい》なる結婚式《けっこんしき》のお祝《いわ》い。

かくして、王子の椅子《いす》は、ふたたびトムにめぐってきた。前回のは、いつばれて追い出されるかもしれぬ、きわどい王子暮《ぐら》しだったが、今回はそんな心配のない、確実《かくじつ》きわまるものなのだ。この幸運を失《うしな》わないようにしよう。

それには実績《じっせき》をあげることだ。トムはそうした。これまでの知識《ちしき》をいかし、王に助言《じょげん》をし、改革《かいかく》すべき点を指摘《してき》したりした。王の信用《しんよう》も高まる。また、どこか庶民的《しょみんてき》なところがあると、領民《りょうみん》たちの人気も高まる。万事順調《ばんじじゅんちょう》。王は気に入りのトムに、すべてをまかせきりという形になった。

しかし、王さま、そうなるとひまができたのをいいことに、だらしなくなる。もともと、美しいだけがとりえのよからぬ王妃《おうひ》を後妻《ごさい》に迎《むか》えたりする性《せい》格《かく》。あまり賢明《けんめい》な人物とは申せない。気のゆるみとともに、もとの暗愚《あんぐ》に逆《ぎゃく》もどり。

すなわち、城《しろ》へやってきた二人組の調子のいい旅の詐欺師《さぎし》にだまされたりした。特殊《とくしゅ》な布《ぬの》を開発した衣服《いふく》づくりの名人と称《しょう》し、ほうぼうの王さまにお買いあげいただいているという。驚《おどろ》くほど美しい布《ぬの》だが、おろか者が着ると、その当人の目には見えない。説明《せつめい》があまりに神秘的《しんぴてき》で巧妙《こうみょう》なので、王はひっかかり、大金を払《はら》って、その、現実《げんじつ》は無《む》である布《ぬの》の服を買いとった。

王さまはそれを着て町を歩くと言い出し、トムは困《こま》った。乞食《こじき》だった少年時代に、このたぐいの詐欺《さぎ》の話はよく聞かされたものだ。しかし、王が金を払《はら》ったのは仕方ない。詐欺師《さぎし》はそれなりの苦心をし、王も面白《おもしろ》がったのだ。その情報的価値《じょうほうてきかち》はあるといえよう。しかし、裸《はだか》で町を歩かれては、他国のあなどりを受けることになる。トムは進言《しんげん》した。

「まあまあ、王さま。それはお考えなおし下さいませ。その高価《こうか》なる服がよごれたり破《やぶ》けたりしたら、大変《たいへん》でございましょう。また領民《りょうみん》たちに見せびらかすのも、よくありません。上《かみ》の好《この》むところ、下《しも》これにならうとか。しもじもの者が欲《ほ》しがり、このような浪費《ろうひ》をはじめたら、感心しないことになります。その服は、城《しろ》の宝《たから》として、大事にしまっておくことにいたしましょう」

知恵《ちえ》をしぼって理屈《りくつ》をつけ、なんとか中止させる。目をはなすとこの王さま、なにをやりだすかわからない。これに気をくばるだけでも、トムはけっこう疲《つか》れた。

そして、問題は、王さまだけではなかった。妻《つま》である白雪姫《しらゆきひめ》も、また、トムにとって手にあまる存在《そんざい》となっていった。

愛《あい》し愛《あい》されるだけで頭が一杯《いっぱい》の新婚当初《しんこんとうしょ》は、まあよかった。しかし、それが過《す》ぎると、姫《ひめ》のおしゃべりがはじまった。継母《ままはは》の陰謀《いんぼう》と、自分がいかに勇《ゆう》敢《かん》に戦《たたか》ったかという武勇伝《ぶゆうでん》をはじめるのだ。継母《ままはは》にやとわれ、つぎつぎと森に乗り込《こ》んでくる殺《ころ》し屋たちを、どう撃退《げきたい》したかなど、とくいげに物語る。悪い王妃《おうひ》はすでに死んでいるので、どこまで本当なのか確《たし》かめようもない。

これにはトムもてこずった。毎日ひまがあると、それを聞かされる。眠《ねむ》っていた長いあいだの、おしゃべりを取りかえそうといった調子。熱心《ねっしん》に耳をかたむけないと「あたしを愛《あい》さなくなったのね」と文句《もんく》が出る。

いっそ逃《に》げ出してしまいたいと、トムは思う。しかし、せっかくありついたこの地位《ちい》なのだ。この城《しろ》を去ったら、一見王子さま風というだけがとりえの、ただの人だ。

トムは「そうはいっても、目をさまさせ助けたのはわたしだ」という言葉が口まで出かかるのだが、それをのみこむ。トムがうなずいていると、姫《ひめ》の武勇伝《ぶゆうでん》はさらにふくらむ。赤い頭巾《ずきん》をかぶって森のなかを歩いていたら、敵《てき》の派遣《はけん》したオオカミが飛《と》びかかってきた。それをとっつかまえ、腹《はら》をさいて石をつめこんだの。すごいでしょ、手に汗《あせ》を握《にぎ》るでしょ、などとなる。フィクションくさいが、おとなしく聞かざるをえないのだ。

それでも、これだけですんでいるうちは、まだよかった。そのうち、事態《じたい》はさらに悪化した。白雪姫《しらゆきひめ》はお城《しろ》のなかの、鏡《かがみ》の秘密《ひみつ》を発見してしまったのだ。以前《いぜん》に悪い王妃《おうひ》が愛用《あいよう》し、悲劇《ひげき》のもととなった品。すなわち「鏡《かがみ》よ、鏡《かがみ》、いちばん美しいのはだれなのか、教えておくれ」と語りかけると「それはあなたでございます」と声がかえってくるのだ。

女性《じょせい》にとって、これにまさる品はない。白雪姫《しらゆきひめ》はたちまち、この麻薬的《まやくてき》な魅力《みりょく》のとりことなった。一日中、それにむかって同じ一問一答をくりかえしている。いや、鏡《かがみ》からはなれる時もあるのだが、その時はトムにむかって武《ぶ》勇伝《ゆうでん》を語る。白雪姫《しらゆきひめ》の、自分は美しさと勇敢《ゆうかん》さをかねそなえているのだというナルシシズムは、高まる一方だった。

白雪姫《しらゆきひめ》はもっと美しくなろうと、化粧品《けしょうひん》を買い集め、何人もの美容師《びようし》をやとった。「いまのままで充分《じゅうぶん》きれいじゃないか」とトムが言っても、姫《ひめ》は「向上心《こうじょうしん》を失《うしな》ったらおしまいでしょ」と答え、出費《しゅっぴ》はかさむばかり。

トムはある日、問題の鏡《かがみ》にむかってぐちをこぼした。

「なあ、鏡《かがみ》よ鏡《かがみ》。世の中でいちばんあわれなのは、このわたしじゃないかな」

「はい、さようでございます」

「なんとかならないかねえ。このままでは、城《しろ》の財政《ざいせい》は苦しくなる一方だ。姫《ひめ》はますます手がつけられなくなる。なにもかも悪いほうへと進んでゆく」

「どういたしましょう」と鏡《かがみ》の精《せい》。

「そこでだ、鏡《かがみ》よ鏡《かがみ》。姫《ひめ》に聞かれた時、たまにはなにかべつな答えをしてやってくれないかな。そういう衝撃《しょうげき》でも与《あた》えないと、姫《ひめ》は目ざめてくれそうにないのだ」

「はい。ではやってみましょう」

鏡《かがみ》が承知《しょうち》してくれたので、トムは期待をいだいて待った。

白雪姫《しらゆきひめ》は例《れい》によって鏡《かがみ》に問いかける。

「鏡《かがみ》よ鏡《かがみ》。いちばん美しいのはだれなのか、教えておくれ」

「ここではあなたでございます。だけど、シンデレラ姫《ひめ》は、あなたの千倍《ばい》も美しい」

「なんですって……」

予期しなかった答えに、白雪姫《しらゆきひめ》は取り乱《みだ》した。こんなはずはない。しかし、鏡《かがみ》は正直なはずだ。鏡《かがみ》がこわれたのかもしれない。姫《ひめ》は鏡《かがみ》の修理《しゅうり》を命じたが、故障《こしょう》は発見できず、また望《のぞ》むような性能《せいのう》に戻《もど》りもしなかった。

「いったい、シンデレラって、どんなやつなの。あなた、調べてよ」

姫《ひめ》はトムに命じた。やれやれだ。トムは城《しろ》の兵を各地《かくち》に派遣《はけん》し、それをさぐらなければならなくなった。そして、その報告《ほうこく》が姫《ひめ》にもたらされる。これこれしかじか。貧《まず》しい家の、姉たちにいじめられている娘《むすめ》だったが、お城《しろ》の舞踏会《ぶとうかい》でそこの王子さまに見いだされ、めでたく結《むす》ばれるに至《いた》った……。

白雪姫《しらゆきひめ》のきげんは、さらに悪くなる。

「まあなんてこと。成《な》り上り者じゃないの。ただちょっときれいで、ただちょっと運がよく、ただちょっとダンスがうまかっただけじゃないの。なまいきだわ。そんなのがあたしより上だなんて、許《ゆる》せないわ……」

トムはこの時とばかり言う。

「そんなつまらない競争心《きょうそうしん》など、さっぱりと忘《わす》れてしまいなさい。人間は、心の美しさが第一です。領民《りょうみん》に尊敬《そんけい》されるようになるほうが、重要《じゅうよう》でしょう」

しかし、白雪姫《しらゆきひめ》には逆効果《ぎゃくこうか》。

「そんなことってないわ。美しいからこそ尊敬《そんけい》されるのよ。領民《りょうみん》たちだって、あたしが二位《い》に転落したら、がっかりするはずだわ。そのためにも、なんとしてでもシンデレラ姫《ひめ》をけおとさなければならないの。ねえ。やっつけちゃってよ」

「そんなむちゃなこと……」

「あなたが反対《はんたい》しても、あたしはやるわ。兵士をひきいて、攻《せ》めこんでやるわ。いやだったら、あなた、お城《しろ》から出ていってもいいのよ」

またもトムの痛《いた》いところを突《つ》かれた。追い出されたら、行き場がないのだ。いかなる無理難題《むりなんだい》にも、賛成《さんせい》せざるをえない立場にある。

「わかりましたよ。しかし、すぐに攻《せ》めこむといっても、負けてはつまりません。開戦《かいせん》の準備《じゅんび》をととのえてからにしましょう」

それにとりかからなければならなかった。先立つものは金。軍資金《ぐんしきん》がいる。つまり、税金《ぜいきん》を高くしなければならない。トムは代官《だいかん》たちに命じ、その取り立てをたのむ。しかしあまり好《この》ましい反響《はんきょう》はない。

「困《こま》りましたな。すでに税《ぜい》はだいぶ高くなっている。これ以上《いじょう》はむりです。民衆《みんしゅう》の不満《ふまん》も無視《むし》できません。憂慮《ゆうりょ》すべき現象《げんしょう》があらわれている。すなわち、森のなかにロビン・フッド団《だん》というのが出現《しゅつげん》している。その一味は税《ぜい》の取り立てをじゃまし、人気をえている。へたしたら、革命軍《かくめいぐん》に成長《せいちょう》しかねない。これ以上《いじょう》の税《ぜい》の徴収《ちょうしゅう》は、まあ不可能《ふかのう》です」

「そうか。いろんな問題があるんだなあ。では、税金《ぜいきん》の件《けん》は、いちおう見おくろう」

トムは頭をかかえた。ろくなことはない。ああ、白雪姫《しらゆきひめ》を目ざめさせたのが、悪運のはじまりだ。あんな女と、いっしょにならなければよかった。兵《へい》士《し》の報告《ほうこく》によると、あのシンデレラ姫《ひめ》というのは、いい女らしいな。彼女《かのじょ》のほうに先にめぐりあっていればよかった。そうすれば、ぜいたくはできなくても、平穏《へいおん》で幸福な人生を送ることができたろう。

軍資金《ぐんしきん》が集まらぬとなると、兵士《へいし》をそろえるべつな方法《ほうほう》を考え出さねばならない。そんな方法《ほうほう》が、なにかあるだろうか。白雪姫《しらゆきひめ》はやいのやいのと、開《かい》戦《せん》をさいそくする。

そんな時、ブローカーらしきものが、トムをたずねてきて言った。

「戦争《せんそう》のご計画がおありだそうで。どうでしょう。外人部隊《ぶたい》をまとめてお世話しますよ。いまは手付金《てつけきん》だけでけっこうです。あとは勝ったあとでもよろしい。もとがかかっていないので、こう安売りができるのです」

「それは耳よりな話だな。うますぎるくらいだ。現物《げんぶつ》を見ないことには、信《しん》用《よう》できないな」

「ごもっともです。どうぞ、どうぞ。うそなんかではございません。まず、ごらんになって下さい。ご案内《あんない》いたします」

その男についてゆくと、その外人部《ぶ》隊《たい》なるものがいた。笛を吹《ふ》く老人《ろうじん》のあとに、子供《こども》たちがぞろぞろくっついて歩いている。あまりの異様《いよう》さに、トムは男に質問《しつもん》した。

「どういうことなのだ、これは」

「いえね、あの老人《ろうじん》、このあいだハンメルンという町から、ネズミの一掃《いっそう》をたのまれた。老人《ろうじん》は笛でネズミをおびきよせ、川に流して全滅《ぜんめつ》させた。それなのに、町の連中《れんちゅう》は代金を払《はら》わない。契約違反《けいやくいはん》。そこで老人《ろうじん》は腹《はら》を立てて、こんどは笛で町の子供《こども》たちを連《つ》れ出したというわけです。あの一隊《たい》をお安く提供《ていきょう》できるのはそのためです」

「なるほど。しかし、みんな幼《おさな》い子供《こども》たちではないか。いくらなんでも、かわいそうだ。さらってきた子供《こども》たちを戦争《せんそう》にかりたて、死なせるなんてことは、とてもわたしにはできぬ。そのネズミ退治代《たいじだい》は、わたしが払《はら》ってやる。みなを家に帰してやりなさい」

「さようですか。お金をいただけるのでしたら、当方はそれでけっこうです。しかしね、あなたは人がよすぎますよ。そんなことでは将来《しょうらい》、勇名《ゆうめい》をとどろかし、いつまでも語りつがれるような王にはなれませんよ」

「いいんだ。どうせわたしは、だめな男、それほどの人物じゃないんだ……」

外人部隊《ぶたい》をやとうつもりが、逆《ぎゃく》にむだ金を使うはめになってしまった。戦《せん》争《そう》の準備《じゅんび》は、いっこうにはかどらない。一方、白雪姫《しらゆきひめ》の闘志《とうし》は、ますます高まる。


「ああ、ひどい立場になったものだ。身動きがとれない。考えてみると、生まれてからこれまで、自分の意志《いし》で行動したことは一度もなかった。他人と運命との気まぐれにあやつられ、浮草《うきくさ》のようにうろうろするだけの人生だった。人生がやり直しできればなあ。しかし、ここまで来てしまっては、もうだめなのだ。いっそ死にたい気分だ……」

トムは心の底《そこ》から、ため息をついた。すると、その息をあびて悪魔《あくま》があらわれた。そして、こう持ちかける。

「死ぬのでしたら、いつでもできますよ。あなたはいま、人生をやり直したいとおっしゃった。それを引き受けましょう。つまり、望《のぞ》みのかなう力を、あなたにさしあげるわけです。ただし一回きりですが、意志《いし》は発揮《はっき》できますよ。そのかわり、死んだ時に魂《たましい》をいただかせてもらう条件《じょうけん》ですが……」

「そうするか……」

トムは承知《しょうち》した。頭が冷静《れいせい》な時だったら、軽々しく答えはしなかったろう。しかし、逆境《ぎゃっきょう》で気がめいっていて、やけぎみだった。トムがうなずいたのも、仕方のないことだ。悪魔《あくま》は呪文《じゅもん》を教えてから言った。

「この呪文《じゅもん》をとなえ、それから望《のぞ》みを口にして下さい。そうすれば、いかなる時でも、あなたの望《のぞ》みを一回だけ確実《かくじつ》にかなえてあげます」

そして、消えた。そのあとすぐに、ふらふらと承知《しょうち》してしまったことをトムは後悔《こうかい》した。もし悪魔《あくま》の約束《やくそく》が本当なら、いかなる栄光《えいこう》を手にすることも思いのままだ。しかし、死は避《さ》けられず、魂《たましい》は悪魔《あくま》にじわじわと引きよせられてゆく。それを考えたら、栄光《えいこう》のなかにあっても、少しも楽しさは味わえないだろう。なにが万能《ばんのう》の力だ。なにが意志《いし》の発揮《はっき》だ。悪魔《あくま》のたくらみに、おちいってしまった。

しかし、もう手おくれ。どうしたものか、さっぱりわからない。へたなことにこの力を使ったら、とりかえしのつかないことになる。くだらぬことを口走らせようというのが、悪魔《あくま》の作戦《さくせん》なのかもしれない。

トムの頭は錯乱《さくらん》していった。わが身をもてあます思い。なにも手につかぬ。そして、ついに夢遊病者《むゆうびょうしゃ》のごとく城《しろ》をさまよい出て、森のなかへと迷《まよ》いこんだ。森の奥《おく》に救《すく》いを期待してそうしたのではない。ただ、わけもわからず歩きつづけている。

ふと気がつくと、前に少年が立っていた。トムは聞く。

「見たことのないやつだな。幻覚《げんかく》かな、それとも話に聞くロビン・フッド団《だん》の一味か」

「そんなぶっそうな一味じゃないよ。ぼくはピーター・パンさ」

「ふうん。元気のいい少年だね。大きくなったら、なんになるつもりかい。王子になりたいなんて、夢《ゆめ》見るんじゃないよ。まあ、なんになるにしても、つまらん人生を送らないように気をつけるんだね。それには、自分の意志《いし》で生きることが大切だよ。わたしはその、だめな見本だ。しかし、きみはこれからだ」

トムが言うと、少年は笑《わら》った。

「そんなお説教《せっきょう》、ぼくには関係《かんけい》ないね。ピーター・パンはとしをとらないのさ。ネバーランドに住んでるんでね」

「まさか。としをとらないなんて」

「本当だよ。だからこそネバーランドさ」

「それはすごい。わたしをぜひ、そこへ連《つ》れてってくれ。お願《ねが》いだ」

「それはだめですよ」

ピーター・パンはことわったが、トムはそこで万能《ばんのう》の力なるものを行使《こうし》した。呪文《じゅもん》をとなえてから、こう言い渡《わた》した。

「おまえは、わたしをネバーランドに連《つ》れてゆくのだ……」

そのききめはあらわれ、ピーター・パンは言った。

「変《へん》だな。どういうわけか、おじさんを連《つ》れてかなくちゃならないような気分になってきた。連《つ》れてかなくちゃいけないようだ。そうしてあげますよ。だけど、いいですか。そこでは、としをとらないんですよ。のろわれたようなもので、おいろけもなく、健全《けんぜん》そのもの。退屈《たいくつ》な生活ですよ」

「それが望《のぞ》みなのさ。あの悪魔《あくま》のやつを、くやしがらせてやるんだ」

「条件《じょうけん》がひとつ。島ではぼくが支配者《しはいしゃ》なんですよ。指示《しじ》に従《したが》ってもらわないと困《こま》ります。勝手なことをされ、島が混乱《こんらん》し、崩壊《ほうかい》し、ネバーランドとしての価値《かち》がなくなったら、いっぺんにとしをとることになりかねない……」

「わかったよ。指示《しじ》に従《したが》おう」


ネバーランドの島の入江《いりえ》に、海賊船《かいぞくせん》がとまっている。船長はフックというが、本名ではない。これがトムのなれのはてなのだ。

いや、なれのはてなどと言うべきではないかもしれない。トムはこのフック船長の役に満足《まんぞく》しているのだ。悪魔《あくま》との契約《けいやく》も、ここにいればなんということもない。ピーター・パンが時どき連《つ》れてくる子供《こども》たちを相手に、大砲《たいほう》をぶっぱなしたり、ちゃんばらをやったりしていればいい。これは遊びなのだ。子供《こども》たちも傷《きず》つかず、トムも傷《きず》つかない。ここはネバーランドなのだから。もし島を訪《おとず》れた子供《こども》が、フック船長に「おじちゃん、海賊《かいぞく》の船長にしちゃ、すごみがないね。むかしはなにをしていたの」と質問《しつもん》すれば、この物語を本人の口から聞くことができる。トムはそれとともに体験《たいけん》にもとづく人生の訓《くん》戒《かい》をたれたいのだが、あいにく、その質問《しつもん》をしてくれる子供《こども》はめったにいない。また、あったとしても、この話を信用《しんよう》してくれないのだ。それがいまのトムにとって、ただひとつの残念《ざんねん》なこと。

だまされ保険《ほけん》

コレクター

友情《ゆうじょう》の杯《さかずき》

冬きたりなば

親善《しんぜん》キッス

事実

だまされ保険《ほけん》

ある日、エヌ氏《し》が自宅《じたく》でぼんやりしていると、玄関《げんかん》のほうで来客の声がした。

「ごめん下さい」

カバンを手に持った、身だしなみのいい男。なにかのセールスマンといった感じだった。しかし、セールスマンならもっとにこにこと笑《わら》い顔で、あいそがよくてもいいのに、その男は深刻《しんこく》そうな表情《ひょうじょう》をしている。

「売り込《こ》みなら、おことわりだ。なにもかもまにあっているよ。これまで、うまい言葉にのせられていろいろ買わされたが、たいていろくでもない品物ばかりだった」

エヌ氏《し》が手をふると、相手の男は深刻《しんこく》そうな顔を、さらに悲しげにゆがめて言った。口調もまた深刻《しんこく》そのものだ。

「さようでございましょう。まったく、なげかわしい世の中になりました。わたしなど、そのような傾向を毎日いきどおりつづけでございます。こちらさまも同じようなお考えとは、こんなうれしいことはありません。いかがでしょう。ちょっとのあいだ、ごいっしょに憤慨《ふんがい》させていただければ……」

「妙《みょう》な人ですね。いいでしょう、おあがりなさい。たまには思いきり慨嘆《がいたん》するのもいい気持ちだ。精神衛生《せいしんえいせい》にも悪くないだろう。しかし、あとで、その相手をしてあげたからと、料金《りょうきん》を請求《せいきゅう》されるのじゃないのかなあ……」

エヌ氏《し》が承知《しょうち》しながらも不安《ふあん》げに首をかしげると、男はあがりこみながら手をふって否定《ひてい》した。

「とんでもありません。そんなこと、絶対《ぜったい》にありません。しかし、そのようなお疑《うたが》いも、ごもっともです。世の中には、うまいこと言って、だまそうとする人が多すぎますからねえ。ごまかしの波が、たえまなく押《お》しよせてくる。おかげで善良《ぜんりょう》なわれわれは、その波に巻《ま》きこまれ押《お》し流されまいと、必死《ひっし》にがんばらなければならない。あわれな悲しい努力《どりょく》です。こちらさまも、さぞ大変《たいへん》なことでございましょうな」

大きくうなずいて、エヌ氏《し》は身を乗り出す。

「そうなんだ。そこなんだよ。朝起きてから夜眠《ねむ》るまで、いや、眠《ねむ》ってからもだな、現代《げんだい》生活においては、一刻《いっこく》たりとも警戒心《けいかいしん》をゆるめられないんだからなあ……」

「いやな時代でございますね」

「だまされまいとの緊張《きんちょう》で毎日をすごしてゆく。その連続《れんぞく》だ。精神《せいしん》をすりへらしながら、人生がすぎてゆくのだ。ひとがよすぎるという自分の性格《せいかく》、考えるといやになるな。さらにいやなのは、この状態《じょうたい》がいつになっても終りそうにないということだ」

「困《こま》った傾向《けいこう》でございます。終るどころかますますひどくなる一方です。だまされる当人もよくない、なんて文句《もんく》まで責任《せきにん》ある人の口から出る。これなど悪の是認《ぜにん》、だますのを助長するようなものです。それでは、善良《ぜんりょう》な被害者《ひがいしゃ》は救《すく》われようがない……」

男は声を大きくして風潮《ふうちょう》をなげき、エヌ氏《し》はそれに何度もうなずいた。

「そうだ、その通りだ」

「警戒心《けいかいしん》のまったくいらない社会、そんなことを夢想《むそう》なさったことはございませんか」

「あきらめているので、そんなこと考えたこともないよ。期待しなければ、裏切《うらぎ》られることもないものな。しかし、そうなったら、どんなにいいだろう。警戒心《けいかいしん》の連続《れんぞく》でない、べつな生き方ができる。人間が人間らしく生活できるのだ。どんなに有意義《ゆうぃぎ》なことだろう。だが、それはまさに夢《ゆめ》だ。ありえない、はかない願《ねが》いさ」

「いえ、そう簡単《かんたん》にあきらめてしまうことはございません。絶望《ぜつぼう》、それでは、あまりに人間がみじめです……」

「なにか案《あん》がありそうな口ぶりだね」

エヌ氏《し》が身を乗り出して聞くと、相手はこう言った。

「これから先は、わたしの仕事についてのお話になってしまいます。憤慨《ふんがい》しあうだけという、最初《さいしょ》のお約束《やくそく》に反《はん》します。それに関《かん》しては、ごつごうをうかがって、おひまな時にまたあらためて参上《さんじょう》し……」

「そう遠慮《えんりょ》することはないよ。わたしはきみが気に入った。きょうはひまなのだ。いま知りたい。きみの仕事についてくわしく聞かせてほしいな」

エヌ氏《し》にうながされ、男はカバンからパンフレットらしきものを出しながら言った。

「ひまつぶしに聞いてやろう、そんな程度《ていど》にお耳に入れていただけばけっこうでございます。じつはですね、だまされまいとの人びとの苦労《くろう》、それを全部そっくり肩《かた》がわりしてさしあげようというのです。頭や肩《かた》にのしかかっている重いものを、わが社でお引き受けする。そういう事業を開発しましたというようなわけで……」

「いやあ、それは耳よりな話だな。からだがむずむずするようだ。冬が終り、はじめての春風に肌《はだ》をなでられたよう。具体的《てき》に説明《せつめい》してくれないかな」

「人をだます加害者《かがいしゃ》は世につきないでしょうが、被害《ひがい》をなくすことはできます。だまされたことでこうむった損害《そんがい》、それをすぐさま補償《ほしょう》してあげるというわけです。一種《いっしゅ》の保険《ほけん》。しかし、保険《ほけん》という言葉がおきらいな方も、けっこう多い。あなたさまもそうでしたら、人間性解放《にんげんせいかいほう》のための善人《ぜんにん》の組織《そしき》といったふうにお考え下さると、さらにご理解《りかい》いただけるのではないかと……」

「ははあ、一定の掛金《かけきん》を払《はら》い、だまされた場合の損害《そんがい》にそなえるというわけだな。わたしは保険《ほけん》ぎらいじゃないよ。つまり、早く言えば、だまされ保険《ほけん》とでも呼《よ》ぶべきものだな。うむ、おもしろい案《あん》のようだ」

エヌ氏《し》は自分に言いきかせるよう、ゆっくりとつぶやいた。相手は口をはさむ。

「だまされ保険《ほけん》とは、気のきいた愛称《あいしょう》でございますな。しかし、そうでもあり、そうでもなし、といったところです。たしかに、いくらかの掛金《かけきん》はいただくことになっております。だが、保険《ほけん》のように掛金《かけきん》を補償《ほしょう》の支払《しはら》いに当てては、いささか筋《すじ》が通らない。だまされる当人も悪いという、あのいやな文《もん》句《く》をみとめることになってしまいます。被害者《ひがいしゃ》には、なにも悪いことはないのだ。被害者《ひがいしゃ》たちが助けあってはおかしいじゃないか。ここのところをおわかりいただきたいのです」

相手は強調し、エヌ氏《し》はまたうなずく。

「そうだ。まったく、その通りだ。それが道理というものだ。きみはいいことを言う。きみは世のからくりにだまされず、冷静《れいせい》な目で物事の本質《ほんしつ》をみつめている」

「おほめいただいて恐縮《きょうしゅく》です。常識《じょうしき》を申しあげたまでのことでございます。そこでわが社は、弁護士《べんごし》から科学者まで一流の人材《じんざい》をそろえ、だました相手をぐうのねも出ないほどやっつけ、損害《そんがい》を取り立てる。逃《に》げまわろうとしても、やはり一流の探偵《たんてい》が追いつめる。というわけで、保険《ほけん》の掛金《かけきん》とはこの点

がちがうわけです。手数料《てすうりょう》という意味のようなものです。だから、掛金《かけきん》も将来《しょうらい》はうんとお安くなると思われます」

「なるほど……」

「これは内密《ないみつ》なんですがね。いま、わが社の役員が政府《せいふ》にかけあい、補助金《ほじょきん》を出させようと工作しております。詐欺《さぎ》めいたことがこうも増加《ぞうか》したのは、つまるところ政治《せいじ》の貧困《ひんこん》にも一因《いちいん》があるわけでしょう。この正論《せいろん》を主張《しゅちょう》しています。見とおしはいい。ですから、やがては掛金《かけきん》に配当《はいとう》がついて返ってくることもありうるわけで……」

「なるほど……」

「もっとも、この会員組織《そしき》が永久《えいきゅう》につづくかどうかはわかりません。詐欺《さぎ》は引きあわないと悪人たちが思い知る。また、被害者《ひがいしゃ》たちがすぐ補償《ほしょう》をもらうとなると、だます連中《れんちゅう》の、ひとをいじめる快感《かいかん》がうすれてしまう。おだやかな社会になれば、この組織《そしき》も不要《ふよう》となり、発展的解消《はってんてきかいしょう》となります。このことは、あらかじめご承知《しょうち》いただかなくてはなりません」

説明《せつめい》を聞き、エヌ氏《し》はうなるような口調で言った。

「うむ、うむ。なるほどと感嘆《かんたん》する以外《いがい》に言いようがない。ああ、なんとすばらしい事業。これこそ、善良《ぜんりょう》な大衆《たいしゅう》が長いあいだ待ちこがれていた組織《そしき》。まさに、なげかわしい混乱《こんらん》の現代《げんだい》に突如《とつじょ》として出現《しゅつげん》した救世主《きゅうせいしゅ》……」

「救世主《きゅうせいしゅ》だなんて、とんでもありません。大衆《たいしゅう》の願望《がんぼう》が生み出したものでございます。わが社はただ、それを形づけただけでして……」

男はとくいがるような表情《ひょうじょう》を少しも示《しめ》さなかった。エヌ氏《し》は腕《うで》組みをし、しばらく首をかしげていたが、やがて言った。

「たしかに、こんないいことはない。しかし、世の中にはたちのよくないのも多いんだ。心配でならない点がひとつある。つまりそのようなすばらしい企業《きぎょう》を悪用しようという、よからぬ加入者《かにゅうしゃ》が出てくると思うのだ。たとえばだよ、だまされもしないのに、だまされたようによそおう。そして、補償金《ほしょうきん》をごそっと取る。そんな加入者《かにゅうしゃ》がいたら、せっかくの企業《きぎょう》もたちまち運営《うんえい》がゆきづまってしまうんじゃないかな」

こんどは、相手の男が大きくうなずいた。

「その通りでございます。いまのご質問《しつもん》、善良《ぜんりょう》な弱い人間すべての心配でございます。そこがこの企業《きぎょう》の問題点。悪質《あくしつ》な連中《れんちゅう》をしめ出し、善良《ぜんりょう》な人だけで組織《そしき》する。これができるかどうかが、成否《せいひ》のわかれ目といえましょう」

「やっぱり、その対策《たいさく》まで用意されていたわけか。なにかいい方法《ほうほう》があるのかね」

「ございますとも。だからこそ、勧誘員《かんゆういん》は訪問《ほうもん》したさきで、すぐ用件《ようけん》を話さない。話題は世の風潮《ふうちょう》をなげくだけにとどめる。その反応《はんのう》ぶりをそれとなく観察《かんさつ》し、加入者《かにゅうしゃ》としての資格《しかく》があるかどうか、すなわち善良《ぜんりょう》な市民《しみん》であるかどうかをたしかめる。これが第一段階《だんかい》。生命保険《せいめいほけん》の場合にも、当人の健康状態《けんこうじょうたい》をまず調べます。この点は似《に》ているといえましょう」

「そうでなければならんだろうな。ますます感心した。それで、わたしはどうなんだい。会員として合格《ごうかく》だろうか」

「さあ、すぐにお答えはできません。社に帰りましてゆっくり検討《けんとう》し、あらためてその結果《けっか》をお話しに参上《さんじょう》いたします。では、きょうはこれで。長いことおじゃまいたしました」

ひろげたパンフレットをカバンにしまい、椅子《いす》から立って帰りかけようとする男を、エス氏《し》はあわてて引きとめた。

「なあ、いま加入《かにゅう》させてもらえないものかね。わたしは善良《ぜんりょう》な人間だよ。さっきからの話で、それはわかってもらえたんじゃないかな。あしたにも、あるいはきょうの午後にも、だれかにだまされるかもしれない。このいまわしい、警戒心《けいかいしん》にみちた生活から抜《ぬ》け出せるのなら、一日も早いほうがいい。なんとか便宜《べんぎ》をはかってもらいたいな。たのむよ」

エヌ氏《し》にすがりつかれ、相手はまた椅子《いす》に腰《こし》をおろした。

「わたしの判断《はんだん》で処理《しょり》できないこともないんです。しかし、判定《はんてい》を下しそこなったら、わたしが責任《せきにん》をかぶらなければならない。ですから、慎重《しんちょう》の上にも慎重《しんちょう》にならざるをえないのです。こういう立場をお察《さっ》し下さい。しかし、あなたさまはけっして悪人じゃない。それは第一印象《いんしょう》でよくわかっておりますが……」

「お願《ねが》いだよ……」

「わかりました。いいでしょう。加入《かにゅう》を受けつけましょう」

「それはありがたい。そうときまったら、早く手続《てつづ》きをしたい。掛金《かけきん》はいくらなんだ」

ほっとした表情《ひょうじょう》のエヌ氏《し》は相手をせかした。男は書類《しょるい》をひろげ、記入のやり方を指示《しじ》し、入会金と第一回の掛金《かけきん》を受け取った。

「これで会員になれました。正式の証書《しょうしょ》は、いずれのちほどお送りいたします」

「ありがとう。これで人生が、よけいなことにわずらわされずに楽しめる。きょうはぐっすり眠《ねむ》れそうだよ。きっと、気持ちのいい夢《ゆめ》が見られるだろうな……」

「では、これで失礼《しつれい》いたします」

男はあいさつをし、エヌ氏《し》の宅《たく》を出た。

男は少し歩き、ずっとつづけていた深刻《しんこく》そうな表情《ひょうじょう》をゆるめ、こみあげる笑《わら》いで身をふるわせながらつぶやく。

「うまくいった。いまのやつ、おれがもったいぶって途中《とちゅう》で帰ろうとしたら、あわてて飛《と》びついてきやがった。たしかに、いいカモだ。あいつ、そのうち驚《おどろ》くぞ。そんな企業《きぎょう》なんか存在《そんざい》してないと知って、だまされたとくやしがるが、その損害《そんがい》はどこへもねじこみようがないのだ。その時の泣《な》きべその顔を見たいものだぜ」

男の帰ったあとで、エヌ氏《し》はつぶやく。

「いまのやつ、詐欺《さぎ》のすごい新手《あらて》を考え出しやがったな。みごとな目のつけどころ。話の持ちかけ方から、深刻《しんこく》そうな表情《ひょうじょう》、かけひき。うまいものだ。聞いているうちにわたしも、そんな組織《そしき》があればいいなあと、一瞬《いっしゅん》、心からそう考えたものなあ……」

そばの洋服ダンスのなかから、ごそごそ音をたてて、エヌ氏《し》の相棒《あいぼう》が出てきた。相棒《あいぼう》はエヌ氏《し》の肩《かた》をたたきながら言う。

「いつもながら、あんたはうまいものだよ。かくれて聞いていて、舌《した》を巻《ま》く。真に迫《せま》ってだまされていた。だまされたふりをしていて、相手にその疑念《ぎねん》を少しもいだかせない。まさに絶妙《ぜつみょう》としかいいようがない。おれたちのグループ、いまのところメンバーは十人だが、なかでもあんたが最高《さいこう》じゃないかな。あんたへの分け前をふやすべきかもしれぬ。まあ、いずれにせよ、われわれのもうけは、このところふえる一方だ」

エヌ氏《し》は緊張《きんちょう》をほぐすため、酒をグラスについで飲みながら言う。

「いや、これもあなたのアイデアがあればこそだ。ひとのいいカモの名簿《めいぼ》を作成《さくせい》し、詐欺師《さぎし》たちに売りつけるなんて、じつに名案《めいあん》だ。一冊《さつ》のその名簿《めいぼ》の、最初《さいしょ》の一ページ目を破《やぶ》いて、それを見本として相手に渡《わた》す。そこに印刷《いんさつ》されている名は、われわれ十人の名前。みな、みごとにだまされてみせる」

「みなそれぞれ、いかにもひとがよさそうに、ごく自然《しぜん》にだまされてみせる」

「それをたしかめた詐欺師《さぎし》たちは、あとの百ページも欲《ほ》しいと、大金を出して名簿《めいぼ》を買いとる。しかし、あとの部分に名前ののっている連中《れんちゅう》は、でたらめの住所と、でたらめの名前。あとはどうなろうと、こっちの知ったことじゃない。だまされたと気づいた時の、やつらの顔が見たいものだ。警察《けいさつ》へ訴《うった》えることもできない。よくもだましやがったなと、ここへ戻《もど》ってくることもできない。自分がだました家へ、よくもだましたなと文句《もんく》はつけられないものな。手も足も出ず、泣《な》きべそをかくんだろうなあ。しかし、詐欺師《さぎし》から金を巻《ま》きあげるのはいい気持ちだ。わずかな金を出すだけで、ごっそともうかる。これが本当のだまされ保険《ほけん》というものだ」

コレクター

アパートの管理人室《かんりにんしつ》へ、ひとりの青年がたずねてきて言った。

「あの、こちらにあいている部屋があるそうですね。それをお借《か》りしたいと思って、やってきたのですが……」

おとなしそうな青年だったが、管理人《かんりにん》である五十歳《さい》ぐらいの男は、念《ねん》を押《お》すような口調で言った。

「部屋がひとつ、あいていることはたしかです。しかしねえ、あまり変《へん》な人にはお貸《か》しするわけにはいきませんよ。たとえば暴力団《ぼうりょくだん》の関係者《かんけいしゃ》。あなたはそんな仲間《なかま》には見えませんが、ここを舞台《ぶたい》に詐欺《さぎ》なんかされると困《こま》るんです。生活の不規則《ふきそく》な人はおことわりです」

「いえ、ぼくの日常《にちじょう》は規則《きそく》正しいものです。朝はちゃんと出勤《しゅっきん》します。つとめ先は官庁《かんちょう》です。残業《ざんぎょう》などすることのない部門。だから、毎日まっすぐ帰宅《きたく》します。夜遊びのたぐいはしません。できない性格《せいかく》なんです」

「いまどき珍《めずら》しい男性《だんせい》ですな。で、ご家族は。お子さんがあると困《こま》るんですよ」

「その点もご心配なく。子供《こども》がないどころか、独身《どくしん》なんですから。ペットとしてネコを飼《か》っていますが、いけませんか」

「部屋から出さず、なかだけでお飼《か》いになるのならかまいませんよ。しかし、独身《どくしん》というのは、ちょっと気になりますな。わたしが心配性《しんぱいしょう》なのかもしれませんが、管理人《かんりにん》としての立場と責任《せきにん》で、つい気をまわしてしまうんです。そとで夜遊びしないのはけっこうですが、あやしげな女を毎晩《まいばん》連《つ》れこんだりされると、迷惑《めいわく》しますね。また、結婚詐欺《けっこんさぎ》をやられて、夜逃《に》げをされたりしても……」

「ぼく、そんなことはしませんよ。じつは、かつて深く愛《あい》しあった初恋《はっこい》の女性《じょせい》があったんですが、事故《じこ》で死なれてしまったのです。そんなこともありましてね、当分、あるいは一生、ほかの女とは結婚《けっこん》できない状態《じょうたい》にあるんです。ほんとはぼく、さびしがり屋なんですが、やはりその彼女《かのじょ》のことを思うと、ほかの人とは結婚《けっこん》できません。だから、部屋に女を連《つ》れこむなんて……」

「わかりました。いろいろ失礼《しつれい》なことを申しあげて、失礼《しつれい》しました。あなたはロマンチックで、まじめで純真《じゅんしん》、人がよさそうだ。気に入りました。お部屋をお見せしましょう。この管理人室《かんりにんしつ》のとなりなんですよ。出入りには便利《べんり》

この上なしですよ。ほら、どうです。手ごろな大きさでしょう」

管理人《かんりにん》に案内《あんない》され、青年は部屋を見た。アパートの出入口に近くて便利《べんり》だった。しかし、日あたりはあまりよくなく、風通しもよくないのか空気がよどんでいるようだった。それでも、ひとり暮《ぐら》しには適当《てきとう》そうだった。

「気に入りました。貸《か》していただきたいものですね」

「こちらは貸《か》すのが商売。しかし、権利金《けんりきん》をいただくことになっていますよ。部屋代は格安《かくやす》ですが、権利金《けんりきん》のほうは少しお高くなっているんです……」

管理人《かんりにん》は金額《きんがく》を言った。青年はポケットから封筒《ふうとう》を出し、持ってきた札束《さつたば》をかぞえた。だが、それではいくらか不足《ふそく》だった。預金《よきん》をみんなおろして持ってきたのにと残念《ざんねん》そうな表情《ひょうじょう》の青年に、管理人《かんりにん》は早口で言った。

「よろしい、権利金《けんりきん》をおまけしましょう。あなたのおとなしそうな人柄《ひとがら》が気にいった。お持ちの金だけでけっこうですよ」

「そうしていただけると、どんなにありがたいか」

「よし、きめましょう。さあ、そのお金をいただきましょう。はい、これが受け取り。では、入居契約《にゅうきょけいやく》へのサインをして下さい。正副《せいふく》二通を作成《さくせい》します。わたしがおさきに署名《しょめい》し、印《いん》を押《お》しますよ。ほら、あなたもどうぞ。万年筆《まんねんひつ》をお貸《か》ししましょう。朱肉《しゅにく》も……」

なれているのか、書類《しょるい》の準備《じゅんび》の手ぎわはあざやかだった。青年はざっと目を通し、うながされるままサインをした。

「印《いん》も押《お》しました。これでいいですか」

「けっこうです。しかし、契約書《けいやくしょ》にあるようにあなたが勝手に出ていかれる時には、権利金《けんりきん》はおかえしできないんですよ」

「わかってます。でも、ぼくはずっとここに住むつもりですから……」

「いずれにせよ、これで契約成立《けいやくせいりつ》。しかし、部屋代の格安《かくやす》なこと、権利金《けんりきん》をおまけしたことについて、あなたは不審《ふしん》もいだかず、わけも聞こうとなさいませんでしたね」

「なぜ聞かなくちゃならないんです。相場《そうば》より高ければ、ぼくだってもちろん質問《しつもん》をしましたよ」

「そうすると、あなたはこの部屋についてのうわさを、なにもご存知《ぞんじ》なかったというわけですね」

「なにをおっしゃるんです。適当《てきとう》な部屋があるといううわさを聞いたからこそ、こうやって大急ぎでやってきたんですよ。これから、ずっとおせわになります。三日ほどしたら越《こ》してきます。たいして荷物があるわけじゃないから、簡単《かんたん》なものですよ……」

青年は書類《しょるい》の一通をポケットに入れ、帰っていった。管理人《かんりにん》は権利金《けんりきん》の札《さつ》束《たば》を手のひらに乗せ、複雑《ふくざつ》な笑《わら》い顔。

「いいカモが来たとは、いまのやつのようなのを言うのだろうな。うわさについては、なんにも知らないようだ。この部屋、ここで以前《いぜん》ひとりの女が自殺《じさつ》してから、住んでくれるやつがなくなった。夜になると、枕《まくら》もとに亡霊《ぼうれい》が出るなんてことになったんだからな。わたしも一晩《ひとばん》ためしにここで寝《ね》てみたが、本当に出やがった。音もなく笑《わら》いかけられ、こっちは飛《と》び出してしまった。これでは商品価値《かち》ゼロだ。しかし、こっちも、ころんでもただでは起きない。権利金《けんりきん》かせぎを思いついた。部屋代を安くして客を釣《つ》り、人のいい相手とみきわめてから契約《けいやく》をし、権利金《けんりきん》をとってしまう……」

管理人《かんりにん》は札束《さつたば》を眺《なが》めなおす。

「……亡霊出現《ぼうれいしゅつげん》で、あわてて越《こ》してゆく。権利金《けんりきん》は丸もうけで、またべつの客をさがす。だいぶかせいだが、最近《さいきん》はのろわれた部屋だとのうわさがひろまったせいか、いささか回転がにぶくなった。それでも、世にはカモのたねがつきないとみえて、いまみたいなやつがやってくるというわけだ……」

つぎの日、青年の荷物のひとつが管理人《かんりにん》のところへ配達《はいたつ》された。よそにあずけておいた品だが、これを機会《きかい》に身ぢかにおくことにした。部屋に入れといて下さいとの依頼《いらい》の手紙がついていた。

「すぐにあわてて越《こ》すことになるとも知らないで、いい気なものだな。ちょっと気の毒《どく》にもなる。まあ、罪《つみ》ほろぼしのサービスの意味で、部屋に運んでおいてやろう」

包《つつ》みをあけてみると、一枚《まい》の油絵。西洋の古いものらしく、そう大きくはないが、ちょっとした価値《かち》はありそうだった。女の絵。管理人《かんりにん》は部屋の壁《かべ》にかける。絵の女は美人だったが、どこかさびしげなかげをおびていた。

契約《けいやく》から三日目、青年は黒いネコをだいて越《こ》してきた。身のまわり品といってもあまりなく、たしかに簡単《かんたん》な引っ越《こ》しだった。管理人《かんりにん》は手伝《てつだ》いながら、それとなく聞いた。

「その壁《かべ》の絵、なんとなくそぐわない感じですなあ」

「ぼくの趣味《しゅみ》なんです。じつは、このたぐいの収集《しゅうしゅう》が趣味《しゅみ》なのでね。いけませんか」

「趣味《しゅみ》はご自由ですよ。しかし、その黒ネコ、そとへ出しては困《こま》りますよ。留守中《るすちゅう》に逃《に》げても、責任《せきにん》はおえませんよ」

「大丈夫《だいじょうぶ》です。ぼくの大切なペット。逃《に》げもしませんし、逃《に》がしもしません。このせわをしなければならないので、ぼく夜遊びをしないんです」

というわけで、青年はその部屋の住人となった。管理人《かんりにん》のほうは、ドライそのもの。あまりたちのよくない不動産屋《ふどうさんや》に連絡《れんらく》し、つぎの借《か》り手の募集《ぼしゅう》にかかる。交通は便利《べんり》、部屋代格安《かくやす》のアパートがある、と。どうせあの青年だって、まもなく青くなって出てゆくにきまっているのだ。

しかし、その期待と予定とに反《はん》して、青年はなかなか越《こ》していかない。越《こ》そうとするけはいもない。それどころか、朝はにこにこした顔で出勤《しゅっきん》し、夕方になると、いそいそと帰宅《きたく》する。

いったい、どういうことなのだ。あの青年、特殊《とくしゅ》な祈禱《きとう》の方法《ほうほう》でも知っていて、女の亡霊《ぼうれい》を退散《たいさん》させてしまったのだろうか。そうだったら、せっかくの財源《ざいげん》をなくすことになってしまう。ようすをさぐってみるとするか。

管理人室《かんりにんしつ》の壁《かべ》に小さな穴《あな》をあける。ここからのぞいてみるとしよう。どうも気になってならない。

夜になる。管理人《かんりにん》は穴《あな》からのぞき、じっと待った。

青年は電灯《でんとう》をうす暗くした。すると、そばに女の姿《すがた》が、どこからともなくぼうっとあらわれる。ものさびしく、弱々しく、悲しげな女。管理人《かんりにん》は小声でつぶやく。

「ほら、やっぱり出る。しかし、おかしいな。いつかあの部屋で寝《ね》てみた時に出現《しゅつげん》した女と、どうもちがうようだが……」

のぞきつづけていると、亡霊《ぼうれい》の女はかぼそい声で青年に話しかけている。

「あなたとは一生はなれないわよ。いつも言うようだけど、あなたは初恋《はつこい》の人。あたしのからだは交通事故《じこ》で死んでも、思いはこの世に残《のこ》って、こうして毎晩《まいばん》出てくるのよ。きょうも会えてうれしいわ……」

「わかってるよ、きみがぼくからけっしてはなれないことぐらい。覚悟《かくご》はきめたんだ。だから、ぼくもこういう生活をするようになったんじゃないか」

青年は答えている。管理人《かんりにん》はうなずいた。ははあ、いま出現《しゅつげん》している亡霊《ぼうれい》は、事故《じこ》で死んだ初恋《はつこい》の女というわけか。夜になると、彼《かれ》のそばに出現《しゅつげん》してつきまとう。ああいう事情《じじょう》では、ほかの女と結婚《けっこん》したくても、とてもむりだ。

独身《どくしん》をつらぬかざるをえないわけだ。それにしても、驚《おどろ》いたな。あの青年、のろわれた運命の男だったとは。亡霊《ぼうれい》ずれがしていては、のろわれた部屋に住んでも、平然《へいぜん》としていられるというわけか。

管理人《かんりにん》がさらにのぞいていると、青年の部屋でまた異変《いへん》がおこった。壁《かべ》にかけられている、なにかいわくありげな絵。そこに描《えが》かれている女が、絵からぬけ出し、青年のそばにまとわりついたのだ。

「あたしの絵を、よく飾《かざ》ってくださったわね。毎晩《まいばん》お会いしに出てくるわよ」

と話しかける。管理人《かんりにん》は大きく息をのむ。なんということだ。あの絵は、のろわれた絵だったのか。しかし、驚《おどろ》きはそれだけでは終らない。さらにつづいた。

青年のペットの黒ネコが、背《せ》を丸めて、もだえるような妙《みょう》な鳴き声をしたかと思うと、たちまち変身《へんしん》した。若《わか》い女になったのだ。

管理人《かんりにん》はのぞくのをやめ、床《ゆか》にすわりこんでしまった。あのネコ、どこかぶきみなところがあると思ったが、化けネコだったのだな。あの青年は、収《しゅう》集《しゅう》が趣味《しゅみ》だなんて言っていた。その時は絵の収集《しゅうしゅう》だろうぐらいにしか考えなかったが、とんでもないもののコレクターだった。これでは絶対《ぜったい》に引っ越《こ》ししてはくれまい。

管理人《かんりにん》は穴《あな》をふさいでしまった。これ以上《いじょう》のぞいている気にはなれない。どうせいまごろは、あの部屋の専属《せんぞく》の亡霊《ぼうれい》の女も出現《しゅつげん》しているはずだ。それらの女にとりかこまれ、あの青年、ひとり楽しんでいるのだろう。この世のものとも思えない楽しみを……。

青年が引っ越《こ》してきてから、数カ月がたった。ある日、管理人《かんりにん》のところへ青年がやってきて、口ごもりながら言いかけた。

「あの、じつは、ぼく結婚《けっこん》しようかなって気になったんですが……」

「結婚《けっこん》がいけないなんて、部屋を貸《か》す契約《けいやく》にはありません。ご自由ですよ。しかし、あなた、結婚《けっこん》してくれそうな女性《じょせい》がいるんですか」

管理人《かんりにん》は聞いた。当然《とうぜん》の疑問《ぎもん》だろう。青年はしばらくもじもじしていたが、やがて言った。

「そこなんですよ。なんかいい人はいないでしょうか。お顔が広いんでしょ。心がけておいてくれませんか。縁談《えんだん》がまとまったら、もちろん充分《じゅうぶん》なお礼をさしあげますよ」

「たしかに顔は広いし、縁談《えんだん》のおせわをしたこともあります。しかし、あなたの場合、話がまとまるという自信《じしん》は、わたしにはありませんな。参考《さんこう》のためにうかがっておきますが、どんな女性《じょせい》がいいのです」

「いや、まとまると思いますよ。世の中は広いんですから、こういう女もいるんじゃないでしょうか。ちょっと言いにくい条件《じょうけん》なんですが、男の人の亡《ぼう》霊《れい》につきまとわれ、夜になるとそれが出現《しゅつげん》する。それで結婚《けっこん》をあきらめている、悲しいのろわれた宿命《しゅくめい》の人。ぼくはそういう事情《じじょう》を承知《しょうち》の上で、喜《よろこ》んで妻《つま》に迎《むか》えようというのですから……」

友情《ゆうじょう》の杯《さかずき》

ある病院の一室。ひとりの老人《ろうじん》が、ベッドに横たわっていた。立派《りっぱ》な個室《こしつ》であり、看護婦《かんごふ》はずっとつきっきりだった。

これでわかるように、老人《ろうじん》はかなりの財産家《ざいさんか》だった。もっとくわしくいえば、彼《かれ》は大きな薬品会社の会長。これまで順調《じゅんちょう》で満足《まんぞく》すべき人生を送ってきており、功成《こうな》り名とげた状態《じょうたい》といっていい。そのためか、彼《かれ》は死期《しき》の近いことを自分でも知ってはいたが、べつに未練《みれん》がましいことも口にせず、落ち着いていた。

老人《ろうじん》は横になったまま声を出した。

「なあ……」

「はい。なんでしょうか」

そばの椅子《いす》にかけていた若《わか》い看護婦《かんごふ》は、すぐに答えて立ちあがった。老人《ろうじん》は低《ひく》い声で言った。

「ひとつ、わたしの最後《さいご》のたのみを聞いてはくれまいか」

「もちろん、なんでもいたしますわ。だけど、最後《さいご》だなんておっしゃっては、いけませんわ」

「元気づけてくれる気持ちはありがたいが、もうそう長くないことは、わたしもよく知っているよ」

「でも……」

と言いかけたが、看護婦《かんごふ》はあとどう答えていいかわからず、言葉をにごした。

「困《こま》らせてしまったようだな。そんなつもりではなかったのだが。しかし、正直なところ、わたしは充分《じゅうぶん》に人生を楽しみ、けっこう長生きをした。もはや、思い残《のこ》すこともないのだよ。ただひとつのことを除《のぞ》いて……」

「なんなのでしょうか」

彼女《かのじょ》は、好奇心《こうきしん》もあって聞いた。

「べつに、むずかしいことはない。それを手伝《てつだ》ってもらいたいのだ」

「あたしにできることでしたら」

「入院する時に持ってきた品のなかに、洋酒の古いびんがあったはずだ。さがしてもらいたい」

看護婦《かんごふ》は部屋のすみのほうへ行き、手に持って戻《もど》ってきた。

「これでございますか。ずいぶん古く、ラベルもすっかり変色《へんしょく》してしまって……」

「そう、それだ。ひと口でいいから、それを飲ませてもらいたいのだ」

老人《ろうじん》は目を細め、高価《こうか》な秘宝《ひほう》に接《せっ》するような表情《ひょうじょう》で、びんをみつめた。しかし、看護婦《かんごふ》は少し当惑《とうわく》した。

「だけど、お酒はおからだに、よくありませんわ」

「飲まなかったからといって、ずっと生きられるというわけでもあるまい。それを飲みたいのだ。いや、飲まねばならぬのだ。それが最後《さいご》の望《のぞ》みだ……」

押《お》し問答が重ねられた。老人《ろうじん》のあまりの熱心《ねっしん》さに彼女《かのじょ》は応答《おうとう》に困《こま》り、部屋を出ていった。担当医《たんとうい》に相談しに行ったのだろう。やがて、戻《もど》ってきて言った。

「一杯《ぱい》ぐらいでしたら……」

一杯《ぱい》ぐらいなら、病状《びょうじょう》も悪化しないというのか。こうなったら、好《す》きなようにさせたらいいというのか。いずれの理由からかは、わからなかった。

「ああ、それでいい。ありがとう」

老人《ろうじん》は、うれしそうだった。洋酒の栓《せん》があけられ、小さなグラスにつがれた。それをさし出しながら、彼女《かのじょ》は言った。

「なにか、いわれがありそうですのね」

「その話は、飲みながらしよう。しかし、その前に残《のこ》りの酒を捨《す》て、びんのなかを洗《あら》ってくれ」

看護婦《かんごふ》はふしぎがりながらも、それに従《したが》った。彼女《かのじょ》は、きれいになったびんを示《しめ》しながら聞いた。

「なんだか、ほかの人には一滴《てき》も飲まれたくない、といった感じですね」

「そうなのだ。これは、わたしの結婚《けっこん》を祝《いわ》って、友人からおくられた酒なのだ」

「ロマンチックなお話なのでしょうか」

「そう言えるかどうか……」

老人《ろうじん》は回想するような表情《ひょうじょう》になった。

「……ずっとむかしのことなのだが、入社して以来《いらい》、わたしにはひとりのライバルがあった。才能《さいのう》の点でも、わたしと優劣《ゆうれつ》がつけがたい男だった。あるいは、むこうがすぐれていたかもしれない。若《わか》さのためもあり、おたがいに意識《いしき》し、ことごとに競《きそ》いあったものだ。仕事に関《かん》してだけでなく、会社の創《そう》立者《りっしゃ》の娘《むすめ》との交際《こうさい》も、火花を散《ち》らさんばかりに争《あらそ》ったものだ……」

老人《ろうじん》は酒を半分ほど飲み、また話した。

「……創立者《そうりっしゃ》は彼《かれ》のほうを買っていたようだが、娘《むすめ》はわたしのほうに好意《こうい》を寄《よ》せてくれた。それがきめてになったのだろう、勝利者《しょうりしゃ》となれた」

167　友情の杯

「忘《わす》れられない思い出でしょうね。でも、そのお友だちのかたは、さぞがっかりなさったことでしょう」

「もちろん、そうだ。彼《かれ》は気が抜《ぬ》けたような、思いつめたようすで、しばらくは目つきもおかしいほどだった」

ありふれた恋《こい》物語だったが、看護婦《かんごふ》はその先を聞きたがった。

「その方は、それからどうなさったのでしょうか」

「会社をやめるのではないかと、思ったね。他の会社に移《うつ》っても、いくらでも活躍《かつやく》できる実力の持ち主だったのだから。わたしだったら、そうしただろう。だが、彼《かれ》はやめなかった。それどころか、ある日、わたしの家を訪《おとず》れ、婚約《こんやく》の成立《せいりつ》を祝《いわ》って、この酒を置《お》いていった。すべてを水に流そうといった態度《たいど》だったな」

「和解《わかい》できてよかったですわね」

「いや、ただの和解《わかい》以上《いじょう》だ。それからは、彼《かれ》は人が変《かわ》ったようになった。創《そう》立者《りっしゃ》の娘《むすめ》との結婚《けっこん》でわたしのほうが昇進《しょうしん》が早くなったわけだが、彼《かれ》はいつも従順《じゅうじゅん》にわたしを立て、じつによく努力《どりょく》してくれた。会社が発展《はってん》をつづけ、これまでになったのも、彼《かれ》によるところが非常《ひじょう》に大きい」

老人《ろうじん》はグラスをちょっとあげ、感謝《かんしゃ》の乾杯《かんぱい》をするように、残《のこ》りの酒を少し飲んだ。

「本当にいいお話ですわ。男の方の友情《ゆうじょう》って、さっぱりとしていて、強くて……」

「そう言えるかどうか、問題なのだよ。彼《かれ》の性格《せいかく》が、あまりにも急に変《かわ》りすぎたとは思わないかね。また、その酒をわたしがすぐには飲まず、いままで取っておいた。なぜだろうかと不審《ふしん》には思わないかね」

老人《ろうじん》に注意され、看護婦《かんごふ》は少し考えた。そして、病院につとめているせいか、やがてあることに気づいた。彼女《かのじょ》は思わずそれを口にした。

「毒《どく》……」

しかし、その時には、すでに老人《ろうじん》は残《のこ》りの酒を飲みほしてしまっていた。

「そう。ということも考えられるわけだよ。薬品会社という商売柄《がら》、その気になれば、効果的《こうかてき》な毒薬《どくやく》について調べることも、それを入手することも、普《ふ》通《つう》の人よりはずっと簡単《かんたん》にできたのだからな」

看護婦《かんごふ》は眉《まゆ》をひそめ、少しふるえた。

「こわいお話ですのね……」

「しかし、わたしのほうもその気になれば、モルモットに与《あた》えてみることもできた。また、試薬《しやく》をそろえて、ゆっくりと分析《ぶんせき》して調べることもできる」

「それで、毒《どく》はどうでしたの」

当然《とうぜん》だれでも聞きたいところだった。だが、老人《ろうじん》は即答《そくとう》せず、話をずらした。

「この場合、毒《どく》を入れた当人は、どんな気持ちになるだろうか」

「そうですわね、死ななかったのですから、計画が発覚《はっかく》したらしいと気がつく。あわてて逃《に》げるかしら。でも、すぐに手配されてしまう。覚悟《かくご》をきめるか、どんな目にあわされるかと、びくびくしつづけ……」

彼女《かのじょ》は考え考えしながら、ここまで言った。老人《ろうじん》はその先を、もどかしそうに引きついだ。

「そんなところだろう。殺人《さつじん》計画の証拠《しょうこ》を、相手に渡《わた》してしまった形なのだ。なにしろ、わたしに大変《たいへん》な弱味をにぎられたことになる。わたしから逃《に》げることはできず、一生のあいだ、わたしのために必死《ひっし》に働《はたら》くことになる」

「殺人《さつじん》計画もいけないけど、かわいそうになってきますわ。どんな人生なんでしょう。こんな残酷《ざんこく》なことって、ないんじゃないかしら。本当にそれをおやりになったの。そうなんでしょうね。事業で成功《せいこう》なさるには、それぐらいのことは……」

看護婦《かんごふ》は、批難《ひなん》するような鋭《するど》い目つきになった。しかし、老人《ろうじん》は首をふった。

「そうきめつけられては困《こま》る。わたしは、分析《ぶんせき》をしたとは言っていない。じつは、調べてみなかったのだ。また、このことに関《かん》する会話を、彼《かれ》としたことはなかった。その彼《かれ》も、数年前に死んでしまった。つまり、きょうまで毒《どく》の有無《うむ》について、わたしは知らなかったのだ」

「調べてごらんになる気には……」

「それは大変《たいへん》な賭《か》けだよ。彼《かれ》が真の友情《ゆうじょう》の持ち主なのか、わたしへの憎悪《ぞうお》に燃《も》えた人間なのか。すぐに答えが出てしまう。やってみる勇気《ゆうき》がなかった。前者の場合には、わたしは彼《かれ》の崇高《すうこう》な人格《じんかく》の前に恥《は》じつづけねばならず、とてもいっしょに仕事はやれない。後者の場合には、わたしは悪魔《あくま》のような心《しん》境《きょう》になり、復讐《ふくしゅう》のために限《かぎ》りなくこきつかっただろう。彼《かれ》が死んでも、許《ゆる》す気にはならない。あなただったら、どうする」

「さあ……」

「やはり迷《まよ》うだろう。わたしもそうだった。迷《まよ》いつづけでわからないまま、いや、わからないからこそ、親しい友として一生つきあってこられたのではないだろうか。ある時は彼《かれ》を尊敬《そんけい》し、ある時は彼《かれ》をあざ笑《わら》いたくなり、その交錯《こうさく》のなかで別《わか》れることなくつきあいつづけてきた。他人には、わたしたちが無二《むに》の仲間《なかま》に見えたことだろう。しかし、友情《ゆうじょう》のなかにも、こんなものがあるというわけだよ。あるいは、友情《ゆうじょう》とは本来こんなものなのかもしれない」

「でも、わからずじまいというのも……」

「わからずじまいではない。友情《ゆうじょう》のきずなともいうべきその酒を、いま、わたしが口にした。まもなく答えがわかるだろう……」

老人《ろうじん》は舌《した》の先でグラスの内側《うちがわ》をなめていた。彼女《かのじょ》はどう扱《あつか》ったものかすぐにはわからず、だまって立ちつづけていた。

そのうち老人《ろうじん》は、苦しそうなようすになった。看護婦《かんごふ》の連絡《れんらく》で、担当《たんとう》の医《い》師《し》がかけつけてきて老人《ろうじん》に聞いた。

「どうなのです、ご気分は……」

「いや、もうなにも聞かないでくれ」

いつもは医師《いし》に協力的《きょうりょくてき》な老人《ろうじん》だったが、いまは答えることをかたくなにこばんだ。病気の発作《ほっさ》なのだろうか。酒のアルコール分がやはりいけなかったのか。なぞの解答《かいとう》を知ったことのショックなのか。それとも、酒に含《ふく》まれていた成分《せいぶん》のためなのか。それを他人に知られたくないようでもあった。友情《ゆうじょう》の答えは、自分の心に秘《ひ》めてあの世に持ち去ろうとするかのように……。

医者はどう手当てしていいのかわからず、ためらってから注射《ちゅうしゃ》をうった。
しかし、そのききめもなく、老人《ろうじん》の息づかいは弱くなっていった。
看護婦《かんごふ》は顔を近づけ、老人《ろうじん》の表情《ひょうじょう》からなにかを読みとろうとした。だが、
それはあまりにも複雑《ふくざつ》で、まだ若《わか》い彼女《かのじょ》の手にあまるものだった。

冬きたりなば

暗黒《あんこく》と静寂《せいじゃく》にみちた広大な空間。それを刺《さ》しつらぬく針《はり》のように、一台の宇宙船《うちゅうせん》が飛《と》びつづけていた。その形のスマートさは急流に住む魚を、跳躍《ちょうやく》する豹《ひょう》を、鋭《するど》い刃物《はもの》を連想《れんそう》させた。

形の点ではこのように申し分なかったが、色彩《しきさい》となると、どう見てもあまり感心できなかった。なぜなら、その宇宙船《うちゅうせん》には胴体《どうたい》や尾翼《びよく》を問わず、すきまなく広告《こうこく》が書きこまれてあったのだ。

先端《せんたん》に近いところには、清涼飲料水《せいりょういんりょうすい》のびんと商品名が、あざやかな色で描《えが》かれてあった。そのとなりには化粧品《けしょうひん》と、それを持ってほほえんでいる若《わか》い女性《じょせい》。尾翼《びよく》の中央には電機《でんき》メーカーの大きなマークが、紋章《もんしょう》のごとくにしるされてある。そのほか光学関係《かんけい》、衣料品《いりょうひん》、食料品《しょくりょうひん》など……。

部分部分についていえば、どれも悪くはないデザインなのだが、こうぎっしりと集まっては、盛《さか》り場の広告塔《こうこくとう》そっくりだった。発光塗料《はっこうとりょう》を使ってあるため、闇《やみ》に浮《う》き出たように輝《かがや》いているのもあった。また、ネオンサイン式に点滅《てんめつ》をくりかえしているのもある。

「どうだ。点滅《てんめつ》の装置《そうち》に異常《いじょう》はないか」

船内で、船長であるエヌ博士《はかせ》が言った。すると、かつては助手であり、いまは操縦士《そうじゅうし》として乗組んでいる男が答えた。

「はい。故障《こしょう》の個所《かしょ》はありません。……しかし、研究中には、夢《ゆめ》にも考えませんでしたよ。まわりに、こんな飾《かざ》りがつくようになろうとは」

「それは仕方ない……」

エヌ博士《はかせ》は苦笑《にがわら》いをした。彼《かれ》は超高速《ちょうこうそく》についての独自《どくじ》な理論《りろん》を考えつき、それを応用《おうよう》した宇宙船《うちゅうせん》の設計《せっけい》を完成《かんせい》した。だが、その研究のためにすべての財産《ざいさん》を使いはたし、建造《けんぞう》のための資金《しきん》がまったく残《のこ》っていなかった。これほど情《なさけ》ないことはない。

もちろん、設計図《せっけいず》を他人に売れば、回収《かいしゅう》がつくばかりでなく、相当な利益《りえき》にはなる。しかし、それでは、自分で好《す》きなように乗ることができなくなってしまう。彼《かれ》はあきらめきれず、また、あきらめようともしなかった。そして、ついに名案《めいあん》を思いついた。エヌ博士《はかせ》は多くの会社を訪《おとず》れ、こんな文句《もんく》をのべてまわったのだ。

「いかがでしょう。わたしはすばらしい宇宙船《うちゅうせん》を発明しました。これでしたら、いままでに進出している星々より、はるかに遠くへ発展《はってん》できます。ついでに、商品の売り込《こ》みと、宣伝《せんでん》とをしてきてさしあげましょう。つきましては……。あ、むりにとは申しません。ほかにも、協力《きょうりょく》を申し出ている会社がありますから」

計画は予想以上《いじょう》に成功《せいこう》し、資金《しきん》が集まった。それは建造《けんぞう》でき、宇宙《うちゅう》のかなたに飛《と》び立つことができた。そのかわり、外部は広告《こうこく》で埋《う》められ、内部の各《かく》室《しっ》は商品で埋《う》まることになってしまった。乗員としては、助手をひとり連《つ》れるだけの余裕《よゆう》しか残《のこ》らなかった。

「あ、あそこに惑星《わくせい》が見えます。あの赤っぽい太陽のそばです」

助手が興奮《こうふん》した声で報告《ほうこく》し、博士《はかせ》は聞きかえした。

「どんな惑星《わくせい》だ」

「望遠鏡《ぼうえんきょう》で観察《かんさつ》したところでは、地球によく似《に》た状態《じょうたい》のようです。大気も住《じゅう》民《みん》も……」

「住民《じゅうみん》の文明の程度《ていど》はどうだ」

「地球よりは、いくらか劣《おと》るようです」

「それは、ありがたい。あまり文明が高いと、運んできた商品を笑《わら》われ、ここまで来た意味がなくなる。手ごろな星があってよかった。……さあ、機首《きしゅ》をそちらにむけろ」

と、命令《めいれい》を下しながら、エヌ博士《はかせ》はボタンを押《お》した。それにつれて、外部の広告《こうこく》は一段《いちだん》と明るさをました。スポンサーたちとの約束《やくそく》は約束《やくそく》。博士《はかせ》は良心的《りょうしんてき》に、それをはたすつもりだった。

やがて、ロケットはその惑星《わくせい》に接近《せっきん》し、徐々《じょじょ》に高度をさげ、小さな町のはずれにある野原に着陸《ちゃくりく》した。べつなボタンを押《お》すと、スピーカーからコマーシャルソングが流れ出し、軽快《けいかい》なメロディが四方にひろがっていった。

季節は秋に相当するらしく、草や木の葉が色づいたり、散《ち》りはじめたりしていた。博士《はかせ》はそれを眺《なが》めながら、つぶやいた。

「さて、どうやって、住民《じゅうみん》たちを集めたものだろうか」

「その心配は、いらないようです。住民《じゅうみん》たちのほうから、出かけて来ました。善良《ぜんりょう》そうな連中《れんちゅう》です」

と、助手は指さした。狂暴《きょうぼう》そうなようすは少しもなく、武器《ぶき》らしいものも持っていない。それどころか、みな楽しげな表情《ひょうじょう》をしている。

エヌ博士《はかせ》はそれをたしかめ、ドアから出た。そして、助手とともに手まね、身ぶり、そのほかあらゆる方法《ほうほう》を使って、自分たちが地球という、べつな太陽系《けい》の惑星《わくせい》からやってきたことを、なんとか相手に知らせることができた。

「……というわけです。これからは、仲《なか》よく交際《こうさい》いたしましょう」

それに応《おう》じ、住民《じゅうみん》たちもこんな意味の答えを伝《つた》えてきた。

「こちらこそ、よろしく。わたしたちはいま、収穫期《しゅうかくき》が終ったところです。楽しくお祭りをしているところですが、ごいっしょにいかがですか」

博士《はかせ》と助手とは、顔を見合わせて、うれしそうに笑《わら》った。楽しげなムードの事情《じじょう》もわかった。それに、収穫《しゅうかく》が終った時期なら、商売には適当《てきとう》にちがいない。忙《いそが》しい時に来あわせたら、相手にされないで帰らなければならなかったかもしれない。

「それはそれは……」

博士《はかせ》は勢《いきお》いこんで、住民《じゅうみん》たちに商売の話を切り出した。

「……じつはわたしたちは、みなさまのお役に立つような、各種《かくしゅ》の品物を運んでまいりました。もし、お気に召《め》すようなものがあれば、こんご大いに貿《ぼう》易《えき》をはじめるよう、わたしが取りはからってさしあげます」

博士《はかせ》は助手に命じ、船内を展示場《てんじじょう》として開放《かいほう》し、住民《じゅうみん》たちをなかに案内《あんない》させた。

上等な服、便利《べんり》な日用品、味のいいお菓子《かし》など。なかには、地球で流行おくれや生産過剰《かじょう》になっている品もまざっていた。だが、この星の住民《じゅうみん》たちの目には、すばらしい宝《たから》にうつったらしかった。彼《かれ》らは目を丸くしてみつめ、手でそっとさわり、おたがいに、ささやきあっていた。

「さあ。いかがでしょう。どの品も、地球で最高級《さいこうきゅう》のものばかりです」

と、博士《はかせ》は自信《じしん》をえて、あいそよくすすめた。しかし、その反応《はんのう》は予期しないものだった。

住民《じゅうみん》たちは手をふり、いらないという意志《いし》を示《しめ》したのだ。博士《はかせ》と助手は、ふしぎそうに話しあった。心から欲《ほ》しそうなようすなのに、なぜ買わないのだろうか。しかし、その点は、住民《じゅうみん》たちに聞いてみなければわからないことだ。

「どうなさったのです。遠慮《えんりょ》することはありませんよ。品質《ひんしつ》についてでしたら、わたしが責任《せきにん》を負《お》います」

その答えはこうだった。

「ええ。欲《ほ》しいことは欲《ほ》しいのですが、いまは買えません。来年にしましょう」

「来年ですって……。なにも一年ぐらい、たいしたちがいはないではありませんか」

「この星では、これから冬に入るのです。冬のあいだは使えませんから、来年の春にでもなったら……」

そんなことで追い返されるわけにはいかない。博士《はかせ》は熱意《ねつい》をこめて説明《せつめい》した。

「冬でも使えますとも。たとえば、この電気毛布《もうふ》はいかがでしょう。原子力電池で暖《あたた》かくすごせます。また、冬の化粧品《けしょうひん》としては……」

だが、住民《じゅうみん》たちはやはり手をふった。

「わたしたちの星では、冬になると、みな冬眠《とうみん》に入るのです。ですから、そのあいだは、なにも必要《ひつよう》ないのです」

「そうでしたか。地球にはそんな習慣《しゅうかん》がないため、気がつかなくて失礼《しつれい》しました。……しかし、春になってすぐお使いになれるよう、いまお買いになっておいては、いかがでしょう」

「じつは、そうしたい気持ちです。しかし、冬にそなえて、収穫物《しゅうかくぶつ》をすべて貯蔵《ちょぞう》してしまいました。代金としてお払《はら》いするために、それをまた引っぱり出すのは、たいへんな作業なのです」

博士《はかせ》はうなずき、助手と相談した。

「どうしたものだろう。良心的《りょうしんてき》な住民《じゅうみん》たちのようだが」

「信用《しんよう》してもいいように思えます」

「わたしもそう思う。将来性《しょうらいせい》のある星だし、こんな住民《じゅうみん》のいる星はめったにない。また、品物を持ち帰るのはつまらないことだ。まさか、代金をふみ倒《たお》して、星ごと逃《に》げてしまうこともできまい」

「ええ。大戦争《だいせんそう》をやって、住民《じゅうみん》が自滅《じめつ》してしまうほど、まだ、ここの文明は高くないようです」

エヌ博士《はかせ》は、あらためて住民《じゅうみん》たちにこう提案《ていあん》した。

「では、品物はいまお渡《わた》ししておくことにしましょう。代金については、あとでもよろしいことにいたしましょう。来年の春になったら、またまいります。その時に、この星の特産物《とくさんぶつ》で払《はら》っていただければ、けっこうです」

「それだと助かります。来年の春でしたら、かならずお払《はら》いします」

住民《じゅうみん》たちは喜《よろこ》びの声をあげ、約束《やくそく》をした。うそや計略《けいりゃく》のにおいは、感じられなかった。目的《もくてき》ははたせたようだ。これだけはっきり話がまとまれば、スポンサーたちも満足《まんぞく》してくれるだろう。博士《はかせ》は船内のすべての品物を渡《わた》した。

「では、また来年。こんどは、もっとたくさん運んできますよ」

「ぜひ、そうお願《ねが》いします。わたしたちも、お待ちしています。ごきげんよう」

住民《じゅうみん》たちの別《わか》れのあいさつに送られて、軽くなった宇宙船《うちゅうせん》はふたたび空へ、さらに大気圏《けんがい》外の空間へと戻《もど》った。エヌ博士《はかせ》は、窓《まど》からふりかえりながら言った。

「いい連中《れんちゅう》だったな。来年に会うのが楽しみだ。……そうだ、いちおう、あの星の軌道《きどう》を計算しておいてくれ。こんど訪《おとず》れる場合に、時期がずれたら困《こま》る。早すぎて、冬眠《とうみん》から目ざめるのを待つのでは大変《たいへん》だ」

「はい」

助手は観測器具《かんそくきぐ》と取り組み、その計算をはじめた。しかし、なかなか報告《ほうこく》をしなかった。

「どうしたのだ。複雑《ふくざつ》なのか」

「複雑《ふくざつ》ではありませんが、あまりいい答えではないようです。着陸前《ちゃくりくまえ》に調べておくべきでした」

「いったい、問題点はどこにあるのだ」

「あの星の軌道《きどう》は、細長い楕円軌道《だえんきどう》です。わたしたちの太陽系《けい》における彗星《すいせい》のように、これからは太陽から遠ざかる一方です。暗い極寒《ごっかん》のなかで、すべてが凍《こお》りつく状態《じょうたい》に入ります。冬眠《とうみん》でもしなければ、どうにもしようがないでしょう」

「つまり、冬が長いというわけだな」

「そういう結論《けつろん》になりましょう」

「太陽のそばに戻《もど》って、春が訪《おとず》れるまで、どれくらいかかるのだ」

「そうですね。地球の時間に換算《かんさん》しますと、ざっと五千年ほど……」

親善《しんぜん》キッス

「やれやれ、やっと着いた。まったく長い旅だったな」

地球からの親善使節団《しんぜんしせつだん》の一行の乗りくんだ宇宙船《うちゅうせん》は、広大な空間の旅を終えて、銀色にきらめきながら、チル惑星《わくせい》の首都ちかくの空港に降《お》りたった。

「いいか、大気の検査《けんさ》がすみしだい、ドアをあける。翻訳機《ほんやくき》の点検《てんけん》を、もう一度やっておけ。おくりものの箱は、こわれなかったろうな。おい、ひげはそったか。服にブラシをかけ、身だしなみをきちんとしておけ。われわれは地球の代表なんだ、恥《はじ》をかかないように、気をつけるんだぞ」

団長は、そわそわしながら注意を与えた。言われるまでもなく、団員《だんいん》たちは鏡《かがみ》にむかってクシやブラシを動かしていた。

身づくろいをすばやく終えた要領《ようりょう》のいいひとりの団員《だんいん》は、双眼鏡《そうがんきょう》を手にして窓《まど》からそとを眺《なが》めていたが、それを目からはなして、団長《だんちょう》に話しかけた。

「なるほど、町も人びとも、地球とほとんど同じですね。もっとも、男も女もショートスカートというところが珍《めずら》しいが、これだってスコットランドにはそんな習慣《しゅうかん》もある。しかし、団長《だんちょう》、やはり文明は地球のほうが少しだけ進んでいるようですね」

「それはそうさ。だから、われわれのほうから出かけてきたのだ。このチル星では、まだ地球までこられる乗り物が作れない。まあ地球のほうが少しだけ、先進国といえるだろう」

「ところで、団長《だんちょう》。いま思いついたことがあるのですが」

「なんだ、言ってみろ」

「いままで地球とチル星とでとりかわした通信《つうしん》のなかで、キスのことに触《ふ》れてあったでしょうか」

「さあ、どうかな。そんなことまでは通信《つうしん》しあわなかったと思うが。それが、どうしたんだ」

「そこでですよ。地球ではこのようなあいさつのやり方がおこなわれているんだ、ということを、団長《だんちょう》が適当《てきとう》な機会《きかい》に示《しめ》して下さい。そうすれば、たくさんの女の子と、われわれは自由にキスができるというわけです。これだけの旅をしてきたんだから、それぐらいはいいでしょう」

「まあ考えておく。しかし、これだけ似《に》た文明だから、チル星にだって、あんがい地球以上《いじょう》にキスがおこなわれているかも知れないぞ」

やっと準備《じゅんび》がすみ、軽い音をたてながらドアが開きはじめ、住民《じゅうみん》たちの歓《かん》声《せい》が宇宙船《うちゅうせん》の内部に流れこんできた。団長《だんちょう》は重々しい身ぶりで、群衆《ぐんしゅう》の上に姿《すがた》をあらわした。そして、せきばらいをひとつし、翻訳機《ほんやくき》を通じて第一声をはなった。

「みなさん、わたしたちは、地球からはるばるやってまいりました。すでにみなさんとは、空間を越《こ》えて、電波による通信《つうしん》を前々からおこなってきました。そして、おたがいの文化が多くの共通点を持つこと、おたがいに平和を愛《あい》する者であることを知りました。この上はその理解《りかい》と友好《ゆうこう》とをさらに深め、そして高めあおうという地球人の願《ねが》いを負《お》って、わたしたち使節団《しせつだん》が苦しい旅をつづけてやってきたのであります。わたしたちは、みなさんにお目にかかれて、まことにうれしい。また、みなさんも、わたしたちの訪問《ほうもん》を喜《よろこ》んで下さることと信《しん》じます」

団長《だんちょう》のあいさつが終ると、空港を埋《う》めつくしたチル星の住民《じゅうみん》たちは、いっせいに手をふり、足をふみならし、口々に叫《さけ》び声をあげた。

もちろん翻訳機《ほんやくき》には、そのいっぺんに押《お》しよせてくる、嵐《あらし》のようなブーブーという音を訳《やく》しきる能力《のうりょく》はなかった。しかし、その叫《さけ》びの底《そこ》にある暖《あたた》かい歓迎《かんげい》の気持ちは、どの団員《だんいん》の胸《むね》にもしみわたった。

団員《だんいん》たちは、おたがいに肩《かた》をたたきあった。

「おい、来てよかったな。見ろ、あの喜《よろこ》びようを」

「ああ、いままでの長かった宇宙《うちゅう》旅行の疲《つか》れが、いっぺんに消えてゆくようだ」

「なんだ、涙《なみだ》なんか流しやがって」

感激《かんげき》の空気は、宇宙船《うちゅうせん》の内外にたちこめた。歓声《かんせい》が少し静まると、こんどは空港に作られた台の上に立ったチル星の元首《げんしゅ》が、拡声機《かくせいき》で歓迎《かんげい》の言葉をのべた。団長《だんちょう》のそばの翻訳機《ほんやくき》は、それを訳《やく》して機内《きない》に流した。

195 親善キッス

「地球の方がた、よくおいで下さった。今後はおたがいに、兄弟の星として交際《こうさい》を深めましょう。まあ、形式的《てき》なあいさつは、これぐらいにしましょう。まず、これをお受け取り下さい。それから、歓迎《かんげい》会場へのパレードにうつりましょう」

ふたたびわきあがる歓声《かんせい》のなかで、宇宙船《うちゅうせん》から地上へおろされた階段《かいだん》を、美しい女性《じょせい》が上ってきた。

「チル星にも、すごい美人がいるじゃないか」

「おそらくミス・チル星といったところだろう」

階段《かいだん》を上りきったその女性《じょせい》は、団長《だんちょう》のそばに立ち、抱《かか》えてきたものを差《さ》し出した。それはダイヤをちりばめた大きな鍵《かぎ》だった。

「文明が同じところでは、同じような習慣《しゅうかん》ができるとみえる」

「ああ、これなら親善《しんぜん》もうまくゆくだろう」

団員《だんいん》たちはささやきあい、団長《だんちょう》は嵐《あらし》の海岸に立っているような烈《はげ》しい拍手《はくしゅ》のなかで、チル星の友情《ゆうじょう》を示《しめ》す美しい鍵《かぎ》を受け取った。

「ありがとう」

興奮《こうふん》にふるえた団長《だんちょう》は、ミス・チル星を抱《だ》きしめた。甘《あま》いかおりが鼻《はな》に迫《せま》り、彼《かれ》は思わず自分のくちびるを相手のそれに近づけた。しかし、彼女《かのじょ》はとまどったようにそれを拒《こば》み、群衆《ぐんしゅう》のブーブーいう歓声《かんせい》は、一瞬《いっしゅん》ひき潮《しお》のように静まった。

先進国の誇《ほこ》りを持った団長《だんちょう》は、いまさらやめるわけにいかなかった。長い旅のあげく、ひさしぶりに会った女性《じょせい》でもあったし、さっきの団員《だんいん》の意見を思い出しもした。彼《かれ》は落ち着いたそぶりを崩《くず》さず、翻訳機《ほんやくき》を通じて、呼《よ》びかけた。

「これは、地球での親しみをあらわすあいさつです。わたしたちに、地球でのやり方で親愛《しんあい》の情《じょう》を示《しめ》させて下さい」

この言葉が群衆《ぐんしゅう》の上に流れるにつれ、歓声《かんせい》は前にもまして高まった。事情《じじょう》がわかったせいか、ミス・チル星もう拒《こば》みはせず、その意外に小さな口を団長《だんちょう》の顔《かお》によせた。

口づけのあいだじゅう、叫《さけ》びは熱狂的《ねっきょうてき》にひびきつづけた。彼女《かのじょ》は、団員《だんいん》たちともつぎつぎと口づけをかわし、ふたたび団長《だんちょう》のそばにもどって彼《かれ》の手をとった。

荘重《そうちょう》な音楽が奏《かな》でられ、そのなかを、ミス・チル星に手をとられた団長《だんちょう》を先頭にして、一同は階段《かいだん》をおりた。

急ぎ足で歩みよってきたチル星の太った元首《げんしゅ》は、団長《だんちょう》の肩《かた》を抱《だ》きキスをした。団長《だんちょう》は内心ちょっと困《こま》ったが、いま言った言葉の手前、あれは女性《じょせい》に限《かぎ》るのだと、すぐ訂正《ていせい》もできなかった。そこで翻訳機《ほんやくき》をさし出し、なにか言うようにうながした。元首《げんしゅ》は言った。

「おたがいに思想や習慣《しゅうかん》など、こまかい点ではちがいもあるでしょうが、友好《ゆうこう》という大きな点では、しっかりと手をにぎりあうことにいたしましょう」

「そうですとも」

と団長《だんちょう》はおうようにうなずき、元首《げんしゅ》の手を固《かた》くにぎった。団長《だんちょう》のうしろでは、大さわぎがおこっていた。ほかの団員《だんいん》たちは押《お》しよせる群衆《ぐんしゅう》によってもみくちゃにされ、さんざんにキスをされているのだ。男も老人《ろうじん》もいたが、もちろん若《わか》い女性《じょせい》たちもいたので、困《こま》る場合ばかりでもなかったが……。

「みんなは、あなた方のもたらした地球式のあいさつを、面白《おもしろ》がっているようです。このチル星でも、新しい流行となるでしょう」

元首《げんしゅ》はこう言いながら合図した。明るい行進曲が演奏《えんそう》され、一同は用意された自動車に乗せられた。

「では、歓迎《かんげい》会場へむかいましょう」

一大パレードが開始された。団長《だんちょう》は元首《げんしゅ》と並《なら》んで先頭の車に乗り、団員《だんいん》たちは美しい女性《じょせい》たちと何台もの車に分乗して、それにつづいた。

パレードは空港から街《まち》の大通りにはいった。人の波、旗《はた》、テープ、紙吹雪《かみふぶき》、歓声《かんせい》、拍手《はくしゅ》。団員《だんいん》たちは感激《かんげき》し、時どきその感激《かんげき》を要領《ようりょう》よく中断《ちゅうだん》して、そばの美人たちとキスをかわした。

「すごい歓迎《かんげい》だ。地球とまったく同じやり方じゃないか」

「おい、見ろ。あんなところまで似《に》ているぜ」

ひとりの団員《だんいん》が目ざとく見つけて、仲間《なかま》たちに知らせた。その指さす先、人ごみのむこうの建物《たてもの》のかげで、ひとりの男が吐《は》いているのだ。

「星をあげてのこのお祭りさわぎだ。おおかた飲みすぎたんだろう。しかし、ますます親しみがもてるじゃないか」

「われわれも、まもなく思いきり飲めるぞ」

熱狂《ねっきょう》の渦巻《うずま》くなかをパレードは進み、この星で最高《さいこう》と思われるホテルについた。一同は、そこのたんねんにみがかれた大理石づくりの広間に導《みちび》かれた。香《かお》り高い花で飾《かざ》られたテーブルの上には、すばらしい細工《さいく》の杯《さかずき》に酒がつがれて、並《なら》べられてあった。みなはその杯《さかずき》を手にとった。

「では、二つの星の友好《ゆうこう》のために乾杯《かんぱい》……」

感激《かんげき》は最高潮《さいこうちょう》に達《たっ》した。チル星人たちは、いっせいにその短いスカートを優雅《ゆうが》な身ぶりで持ちあげ、おしりのあたりから出ているしっぽに似《に》た口の先に、杯《さかずき》の酒を流しこんだ。

事実

午後九時ごろの新聞社。社会部には、まだ何人もの記者が残《のこ》っていた。事《じ》件《けん》というものは、いつ発生するか予想しがたい。それにそなえて待《たい》機《き》しているのだった。

しかし、なにごともない晩《ばん》がつづくと、いささか退《たい》屈《くつ》になる。だれが言うとなく、こんな話題になる。

「ああ、あ。なにかひとつ、どえらいことでもおこってくれないかな。腕《うで》が鳴るし、ここにいる意味もないというものだ」

「まったくだ。他社をみごとに出し抜《ぬ》く、目のさめるようなことでも……」

「読者があっと驚《おどろ》くような通報《つうほう》が、ころがりこんでくるといいんだがな」

それぞれ、虫のいいことをしゃべりあっていた。

「ありますよ」

と声がした。みながそっちを見ると、いつ入ってきたのか、ひとりの男が立っていた。長身、どちらかといえば青ざめた顔、黒っぽい服。なにやら異《い》様《よう》な印象《いんしょう》を与《あた》えるものの持ち主だった。事件《じけん》のにおいがしないでもない。

「あなたは、どなたです」

記者のひとりが期待にあふれた声で聞くと、男はこともなげに答えた。

「わたしは吸血鬼《きゅうけつき》です」

「なんですって……」

「ご存知《ぞんじ》じゃないようですね。人の血を吸《す》うことで、永遠《えいえん》の生命をえている。

また、わたしに血を吸《す》われた人は、わたしの命ずるままにあやつられて動く。あなたがたは、記事で世論《せろん》を操作《そうさ》している。ご同業とまではいかないが、似《に》ていますね」

「吸血鬼《きゅうけつき》の定義《ていぎ》ぐらい知っているよ。しかし、いったい、なぜ……」

「ふしぎですか。どこが疑問《ぎもん》なのです。ははあ、なぜ血を吸《す》うかの点ですな。あなた、それは酒やタバコのようなものですよ。やめられない。まして、わたしの場合、からだがそれを必要《ひつよう》としている」

しゃべる男をさえぎって、記者が言う。

「そんなことじゃない。言いたいのは、そんな子供《こども》だましの悪ふざけはよせということだ。こっちは、いそがしいんだ」

「そうですかね。さっきは、なにか大事件《だいじけん》がおこってほしいなんて話が……」

205 事　実

「そのことも立ち聞きしてたのか」

「吸血鬼《きゅうけつき》の実在《じつざい》はニュースになりませんかねえ。雪男とか、外国の湖の怪獣《かいじゅう》とか、古墳《こふん》の発見とか、そんなたぐいには、ずいぶん熱心《ねっしん》なごようすですが……」

「まあ、まあ、ちょっとそこで待っててくれ。みなと相談してみる」

男に椅子《いす》をあてがい、記者たちは少しはなれて、小声で話しあった。

「なんだ、あいつは。頭がおかしいのだろうか」

「そう考えるのが妥当《だとう》だろうが、なんとなく本物らしいムードもある。追っ払《ぱら》ってしまって、あとで本物とわかったらことだぞ。とりかえしがつかない」

「まて、慎重《しんちょう》に考えたほうがいい。競走《きょうそう》相手の新聞社の陰謀《いんぼう》かもしれない。テレビ局から送りこまれた、手のこんだ演出《えんしゅつ》かもしれない。へたに飛《と》びついて、世の物笑《ものわら》いになったらことだ。なにしろ油断《ゆだん》できない時代だからな」

「しかし、追い返すのも惜《お》しい。ようするに、問題のわかれ目は、やつが本物かどうかだ。おこらせないよう、当人に聞いてみよう」

それ以外《いがい》に方法《ほうほう》はなかった。かわるがわる質問《しつもん》をこころみることになった。

「ちょっとうかがいますが、吸血鬼《きゅうけつき》っていうものは、ヨーロッパの存在《そんざい》なんでしょう」

「そうですよ。しかし、いまやジェット時代。西まわりの空路を利用《りよう》すれば、日光に当ることなく、どこへでも行ける。吸血鬼《きゅうけつき》にとって日光が苦手なことは、ご存知《ぞんじ》でしょう」

「失礼《しつれい》ですが、われわれは、あなたが本物かどうかを知りたいのです。あなたの血液《けつえき》を調べさせてくれませんか」

「とんでもない。わたしにとって、血はなにものにもかえがたい貴重《きちょう》なものです。一滴《てき》だって取られたくない。それを拒否《きょひ》する権利《けんり》があることぐらい、新聞社の方なら、ご存知《ぞんじ》でしょう」

なかなか核心《かくしん》にふれることができない。むりやり血を採取《さいしゅ》し、あとでおどされたらことだ。男への質問《しつもん》がつづく。

「われわれは事実を報道《ほうどう》したいのだ。読者もそれを待っている。あなたがうそをついてると疑《うたが》ってるわけじゃありませんが、なにか証明《しょうめい》がほしい。おわかりいただけるでしょう、この点……」

「いい方法《ほうほう》があります。どなたでもいい、あなたがたのひとりに、かみつかせて下さい。血を吸《す》わせて下さい。そして、その人の変化《へんか》を観察《かんさつ》なされば、立証《りっしょう》できましょう。これにまさるものはない」

記者たちは、おたがいに顔を見合せるだけで、進み出る者はなかった。男は言う。

「どうなさいました。わたしの話がでたらめなら、こわがることはない。わたしが本物とわかれば、お望《のぞ》みの大ニュースでしょう」

「しかし、血を吸《す》われるのはどうも……」

「しりごみなさるのですか。報道《ほうどう》が職務《しょくむ》なのではありませんか。それに身をささげようとする方がいるかと思いましたがね……」

「たしかに、われわれは報道《ほうどう》が職務《しょくむ》だ。しかし、被害者《ひがいしゃ》になるわけにはいかない。そとへ出て、通行人にかみついて下さい。われわれはそれによって、正確《せいかく》にして詳細《しょうさい》な報道《ほうどう》をします。それがニュースの本来のあり方です」

「そういうものですかねえ……」

男はうす笑《わら》いをした。それに対して、記者のひとりは、かっとなって言った。

「なんだと。よし、とがったクイを持ってきて、おまえの心臓《しんぞう》に打ちこんでやる。本物の吸血鬼《きゅうけつき》だったら、たちまち白骨《はっこつ》になり、こなごなになって消え去るはずだ。その覚悟《かくご》はあるか」

「ありますよ。もちろん、ありますとも。わたしは長生きしすぎた。生きるのにも、いいかげんあきた。しかし、自殺《じさつ》はできないんです。からだの血がそれを許《ゆる》さない。また、病気にかかることも、事故《じこ》にあうこともない。いいですか。覚悟《かくご》の必要《ひつよう》なのは、あなたのほうですよ。この賭《か》けで、かりに万一……」

「なんだというのだ」

「わたしが、もし吸血鬼《きゅうけつき》でなかったら……」

「どうだというのだ」

「新聞記者は、裏《うら》の裏《うら》まで考えるべきじゃありませんかね。わたしが吸血鬼《きゅうけつき》でなかったら、あなたは殺人《さつじん》。新聞社内での凶行《きょうこう》、大不祥事《だいふしょうじ》、これこそ大ニユース……」

「うむ……」

記者たちは、答えようがなかった。

「どうやら、ご縁《えん》がないようですね。お話にならない。では、わたしはこれで……」

男は帰っていった。しかし、そうなると記者たち、日ごろの習慣《しゅうかん》がたちまち目ざめる。

「さあ、すぐあとをつけろ。それをつきとめれば、やつの正体がわかるぞ。ばけの皮をはぐことができる」

「言うまでもない。さっきから、そのことを考えていた。まかせておいてくれ」

「まて、用心しろ。わなかもしれない。おびき出されて、がぶりとかみつかれてはつまらん。二人で行け。十字架《じゅうじか》の形のものも持っていったほうがいい。そうだ、そこのハサミがいい。開けば十字架《じゅうじか》になり、身をまもるちょっとした武器《ぶき》にもなる」

すべては手ぎわよく進行した。男はゆっくりと歩いて行く。あとをつけるのは容易《ようい》だった。そとは、もはや夜ふけ。曇《くも》った空。男は尾行《びこう》されているのに気がつかないのか、平然《へいぜん》としていた。この調子だと、うまく住居《じゅうきょ》をつきとめられるだろう。二人の記者はうなずきあった。

男は小さな公園のなかへ入ってゆく。樹木《じゅもく》がしげっている。その下で足をとめる。男の姿《すがた》はたちまち一匹《ぴき》のコウモリに変《かわ》り、飛《と》びたち、暗い空へと消えていった。

ここに収めた作品は『なりそこない王子』（講談社）、『マイ国家』『だれかさんの悪夢』『ボッコちゃん』『かぼちゃの馬車』（新潮社）を底本といたしました。

作者　星 新一（ほし・しんいち）
一九二六年、東京に生まれる。東京大学農学部卒業。五七年に日本最初のSF同人誌「宇宙塵」に参画。ショートショートと呼ばれる短編の新分野を確立し、千以上の作品を発表する。六八年に、『妄想銀行』で第21回日本推理作家協会賞を受賞。九七年没。主な著書に、『ボッコちゃん』『宇宙の声』『ようこそ地球さん』『ブランコのむこうで』などがある。

画家　和田 誠（わだ・まこと）
一九三六年、大阪に生まれる。多摩美術大学卒業。グラフィック・デザイナー、イラストレーターとして、装丁、挿絵、絵本などを手がけるほか、映画監督、作詩・作曲家、エッセイストなど、ジャンルをこえた多彩な活動を続ける。一九七四年に講談社出版文化賞、一九九七年に毎日デザイン賞受賞。

星新一
ちょっと長めのショートショート
そして、だれも…

二〇〇六年七月初版
二〇二四年二月第八刷

作者　星　新一
画家　和田　誠
発行者　鈴木博喜
発行所　株式会社理論社
東京都千代田区神田駿河台二—五
営業　電話〇三（六二六四）八八九〇
ＦＡＸ〇三（六二六四）八八九二
編集　電話〇三（六二六四）八八九一

編者　大石好文
制作　ＤＡＩ工房／Ｐ＆Ｐ

NDC913　B6判　19cm　214p　ISBN4-652-02357-X

URL https://www.rironsha.com

星新一 ショートショートセレクション

和田誠 絵

短い物語の中に、現代と未来のいくつもの顔を鮮やかにとらえるSF小説。ショートショートの名手が明日の子どもに示す新しい世界。

1 ねらわれた星
2 宇宙のネロ
3 ねむりウサギ
4 奇妙な旅行
5 番号をどうぞ
6 頭の大きなロボット
7 未来人の家
8 夜の山道で
9 さもないと
10 重要な任務
11 ピーターパンの島
12 盗賊会社
13 クリスマスイブの出来事
14 ボタン星からの贈り物
15 宇宙の男たち

星新一 ちょっと長めのショートショート

和田誠 絵

星作品の中にも長いものがある。
その長めの作品がまたすばらしい。
人生を深くやさしく包んでくれる。

1 宇宙のあいさつ
2 恋がいっぱい
3 悪魔のささやき
4 とんとん拍子
5 おのぞみの結末
6 ねずみ小僧六世
7 そして、だれも…
8 長生き競争
9 親友のたのみ
10 七人の犯罪者

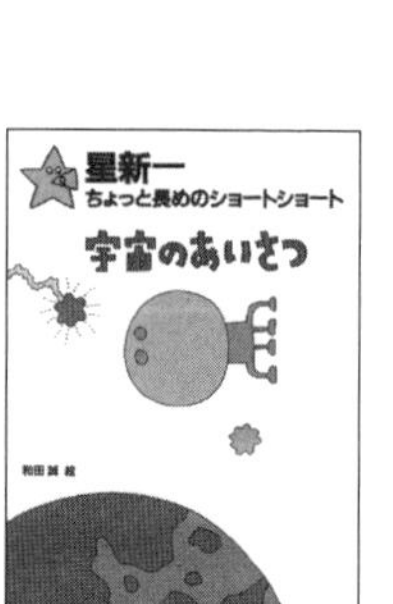